門外漢的京都

舒國治 著

目次

新版自序

京都喚出我的發現心

一、

《門外漢的京都》出版於二〇〇六年。而興起出這書的念頭，來自於一九九九年六月一篇我在《中國時報》人間副刊寫的〈城市的氣氛〉（後來收入《理想的下午》）其中一句話：「……他日或可不揣淺陋來寫一小冊子。」

沒想到，真去寫了。

但隔了五年。

我將這「不揣淺陋」猶自妄敢下筆的魯莽，稱爲門外漢。乃我既不懂日文，也少有研讀日本歷史，甚至完全不飽讀日本文學。然而這個人竟然那麼樣地控制不住，有一腔的遊賞京都的話想要吐露出來。

遂成了這本《門外漢的京都》。

二、

我到了鬢有一點歲數時才有機會到日本一遊。一去到那裡，馬上感到頗熟悉。譬似我小時候似乎就一直有這麼一丁點的「鑽研」了。

我之觀看日本有那麼一些世故之眼，除了小時在台灣薰染一些「日本的周遭」（日本房子、日本巷弄、日本器物、日本式陰暗多雨夜晚中傳來的盲人按摩笛聲、木拖板擊地之聲）外，除了看了極多的日本片外，再就是，我是個寧波人也有點關係。

好，先說寧波人，再說日本片。

寧波人的港口，很易見日本的貿易，而器物也會流通。寧波的外海，原就多見日本的船隻。海的另一面的那個國家，他的風俗，他的漆器、甚至醃魚，甚至他的海盜，自宋明以來，相信寧波人早就有瞭解。

宋時日本僧人在中國修行佛學後，返程常在寧波等待上船。據說他們會買木雕佛像，帶回日本。而寧波也有高超的工匠。

後來清末赴日的留學生，寧波紹興原就極夥，不只是魯迅、周作人兄弟，不只王國維等人而已。

再說日本電影。

幼年看日本片是一種極有趣、搞不好也極有價值的經驗。主要是，全只能收取畫面。得到的，是純然的「印象」，不是理解。是日本式的意象。日本人的動作，跑步的，走路的，演戲的，都好奇怪噢，好特別噢。他們是另一種人種似的，活在古代遙遠的自幽空間。若非如此，他們怎麼會那麼走路、那麼樣地做動作？

聽不懂他們講話，看影像就已極豐富了。並且潛移默化地吸收了太多的日本淒楚、風情瀟湘之美感。

至若日本電影裡的打鬥，那就更棒了。他們劍客的行於路上的氣勢，戴起斗笠的那種高不可測，還有揮動刀子的那種近距離之極有把握，哇，眞是看電影的最高樂趣。

更別說那些《猿飛佐助》、《赤胴鈴之助》、《黃金孔雀城》等的幻術武打片，更是教孩子們著迷不已！

這一切，都陪著孩子作著迷離幽淒的夢。而這夢裡的景致，或許成爲後日的某種眼界。

三、

一九九一年我初遊日本，已三十九歲。眼中所見，簡直處處教我專注。它的無所不在的古味，怎麼能保持恁久呢？城市內的大樹，超過百年的、兩百年的，似還在替它們延壽至八百年一千年而悉心供養著。

每一處木造樓梯的轉角，我都能夠細看；每一個玄關，我都不捨得迅速略過；每一個木頭亭子，都值得我前後審視；每一片腳踏的砂地，我都走得好虔誠好滿意；多少片長牆，教我眞是多高興地沿著它走；多少個山門，我不管是跨入或是站立其外，都覺得怎麼會有如此好的地景！

太多太多。

我單單是觀看無以數計的前說這些景物，便已然心中湧動到幾乎只能寫東西才得以抒發胸懷了。

我已經顧不了該不該調研得深刻些才來下筆了。

我寫的，是我的用眼之美學經驗。並且，是隔著頗一些距離的用眼習慣。後來，不管是不是自謙，我皆以「門外漢」稱之。

所以書前我集了「懷此頗有年」（陶潛句）「不敢問來人」（李頻句）兩句詩，來道出心聲。

有時，用英文問人，未必奏效，索性用觀察再加上猜測。這是全世界門外漢必用之法。只是我們同是東方人來觀看日本，更多似知非知的微妙樂趣！

譬似京都舊書店，我固可以進去逛買，但只是看門外的漢字牌匾，已是極適意的文雅式觀光。這在西方國家未必可有。而有不少家舊書店門口放的廉價品，如百年前的漢字教科書或小出版社早年出的書法碑帖，僅售一百円。而我只是翻覽，已是觀光中極美妙的小小片刻！

寓目的漢字，道出了你對熟悉物重見的欣喜。而你還不忘投注某種評鑑之心。寫得好，心道讚。寫得差，你或還笑它呢。

這在食物上當然也是。我不只一次諷笑過拉麵之不堪。也不只一次讚過三輪素麵才是村家吃麵的本色。

乃我也是吃麵吃飯的民族。說到吃飯，我們眞是慚愧！台灣館子裡煮出的飯，少有聽到吃客讚美的；而台人遊日，每頓飯皆盛道日人煮得恁好！

秋冬遊日，各處見柿子樹上猶有未摘之果，稀稀疏疏結著晚熟卻紅透似火的柿子。這種景色，既是審美，也未嘗不是對愛好自然之詠嘆！

四、

人在龍安寺看石庭，有時可坐下。這所坐的地方，稱「緣側」。坐緣側賞景，是日本的獨絕。

即使不是賞枯山水，只是平常家庭有緣側可坐，便教人感到幸福莫名。日本眞是每一處空間也要發揮它的靈巧功能。

塌，床，玄關和階梯，皆然。

建物中太多可教人坐或長跪的小小天地那種如同修行空間的「自處之地」。而我只是流目所及，居然盯著凝視，而且太目不暇給也！

故陳舊的神社，像三条大將軍神社那個如同戲台的講壇，舊舊的，荒而不怎麼用的，最受我一經過就盯著看。

許多入門前的「候凳」，也好看。

太多的橋頭，也好看到令你佇足。

傳統旅館的登樓、沿廊而行、推開紙門、入室坐下、再開窗面對小院……

數不清的設施，皆不見得是建築家的創作品，是尋常老百姓生活下的手筆。然而充滿著匠人的技藝。

這就像極高檔極貴的料亭，他的食物製得極精美；而極尋常的小館他的壽司他的鰻魚飯亦製得極純熟極美味你無可挑剔是一樣道理。皆漫佈著尋常過日子百姓他自有的匠心與專注的手筆！

我在這裡看水的來歷，看苔的植護，看石壁的疊砌，看寺院的散列，看車窗的流景……看這個看那個，甚少和人攀談。這樣純看，似懂非懂，亦無意非要弄懂。這一看也看了那麼多年，每次竟還能看到些新奇東西。噫，莫非將我昔年看到的似知非知事象今日再勾起別的視角，以求獲些查證？

是這樣嗎？眞是這樣嗎？

它令我一逕在發現。發現我始終在尋覓的。或發現我原就似乎看過但不很眞切、而今它明明白白放在你面前、卻不管是實是虛都已然太値矣。

《門外漢的京都》轉眼已十六年矣。念及當年是如此寫它，而今日又如何回看它，好多好多我看事審趣的諸多隨想層層浮現，在此粗略寫下一些，是爲新序。

二〇二二年二月

下雨天的京都

在京都遊賞，遇雨，有的人會惱，心想：怎麼恁的倒楣！實則雨天之京都有許多另外的優處。很可能龍安寺的「石庭」便只有你一人獨坐慢慢欣賞。

有一次我在京都正好碰上颱風，整整兩天雨下個不停，即使打傘，幾個鐘頭後鞋子便全溼，在任何一處景點，皆因泡在溼襪中的腳極不舒服弄得人不知如何是好，但有一刻我正好在嵯峨野大覺寺旁的大澤池畔名古曾瀧跡旁的正方木亭子裡，四處無一人，池中的鴨群也上岸歇著，空氣是如此的新鮮青翠，這一刻，天地何等靜好，橫豎我也樂得坐在凳榻上等雨，竟不覺得有何不耐。

雨天，屬於寂人。這時候，太多景物都沒有人跟你搶了。路，你可以慢慢地走。巷子，長長一條，迎面無自行車與你錯身。河邊，沒別的人佇足，顯得河水的潺潺聲響更清晰，水上仙鶴見只你一人，也視你為知音。碎石子的路面，也因雨水之凝籠，走起來不那麼游移了。若雨實在太大，每一腳踩下，會壓出一凹小水槽，這時你眞希望有一雙魚市場人穿的橡膠套鞋，再加一頂寬大的傘，便何處也皆去得了。

雨中的車站最不宜停留，乃他們把來來往往的狼狽相定要教你收進眼裡。他們露出對雨的不耐，並且趕著避開。

然而雨也的確透露某種意指，如天色向晚，隱隱催促你是否該動身了。奈良公園在雨中，多麼好的地方，但你總覺得天色漸暗了，也確實眞暗了，雖然錶上只是下午三點，但人都走了，鹿群也各自找地方棲了起來，像是眞散場了。

這種時候，是旅行中最大的騙局，斷不可中了它的道兒。我正在東大寺東緣、二月堂的西緣，也幾乎覺得該滾了，該讓這低垂的夜幕拉拉上了；然而我偏偏沒走，還賴了一下，不想十多分鐘後，雨突然小了，更奇的是，遠處的天空劃出了亮光，如同雨霽後會出現的金輪（京都、奈良的天光最富於變幻這種淸亮的佳色），而遠遠的東大寺外頭似還有一二團晚來的遊衆，心情又暖了起來，我想眞應該找個地方坐下來，像友明堂古董店，喝一碗主人看似隨手打出卻味至典正的抹茶，也好驅一驅潮氣呢。

門外漢的京都

不知為了什麼，多年來我每興起出遊之念，最先想到的，常是京都。到了京都，我總是反覆在那十幾二十處地方遊繞，並且我總是在門外張望，我總是在牆外佇足，我幾乎要稱自己是京都的門外漢了。

很想問自己：為什麼總去京都？但我懷疑我回答得出來。難道說，我是要去尋覓一處其實從來不存在的「兒時門巷」嗎？因為若非如此，怎麼我會一趟又一趟地去、去在那些門外、牆頭、水畔、橋上流連？

有時我站在華燈初上的某處京都屋簷下，看著簷外的小雨，突然間，這種向晚不晚、最難將息的青灰色調，聞得到一種既親切又遙遠的愁傷，這種愁傷，彷彿來自三十年或五百年前曾在這裡住過之人的心底深處。

我去京都，爲了「作湖山一日主人，歷唐宋百年過客」（引濟南北極閣對聯）。是的，爲了沾染一襲其他地方久已消失的唐宋氛韻。唐詩「清晨入古寺，初日照高林。曲徑通幽處，禪房花木深」景象，中國也只少數古寺得有，京都卻在所多見。杜牧「南朝四百八十寺，多少樓臺煙雨中」，在今日，惟京都可以寫照。

我們於古代風景的形象化，實有太多來自唐詩。

因唐詩之寫景，也導引我們尋覓山水所採之視角。

又有一些景意，在京都，恰好最宜以唐詩呼喚出來。「晚來天欲雪，能飲一杯無」；或如「旅館誰相問，寒燈獨可親」、「旅館寒燈獨不眠，客心何事轉悽然」。乃前者之盼雪，固我們在臺灣無法有分明之四時、不易得見；而後者之「旅館」辭意，原予人木造樓閣之寢住空間，然我們恁多華人，竟不堪有隨意可得之木造旅館下榻，當然京都旅館之寶貴愈發教我們疼惜了。

許多古時設施或物件，他處早不存，京都亦多見。且說一件，柴扉。王維詩中的「日暮掩柴扉」、「倚杖候荊扉」、「倚杖柴門外」在此極易寓目。

我去京都，爲了竹籬茅舍。自幼便讀至爛熟的這四字，卻又何處見得？臺灣早沒有，大陸卽鄉下農村也不易見。但京都猶多，不只是那些古時留下的茶庵（如涉成園的縮遠亭、漱枕居），茶道家示範茶藝場所（如不審庵、今日庵），即今日有些民家或有些小店（如嵯峨野的壽樂庵、圓山公園的紅葉庵），皆矢意保持住竹籬茅舍。「竹徑有時風爲掃，柴門無事日常關」這二句，豈不又是京都？

我去京都，爲了村家稻田。全世界大都市中猶能保有稻田的，或許只有京都。一個遊客，專心看著古寺或舊庵，乍然翻過一列村家，竟然稻田迎目，平疇遠風，良苗懷新，怎不教人興奮？京都府立植物園跨過北山通，向北，走不了幾分鐘，便是稻田。嵯峨野清涼寺與大覺寺之間，亦多的是稻田。奈良的唐招提寺，牆外不遠便是稻田。大原的稻田，竟是一片片的列在山上的坪頂，即使闢墾艱辛，也努力維持。稻田能與都市設施共存，證明這城市之清潔與良質；也透露出這城市之不勢利。四十年前臺北亦早已是城市，卻稻田仍大片可見，何佳好之時代，然一轉眼，改觀了。

我去京都，爲了小橋流水。巴黎的塞納河很美，但那是西洋的石垣工整之美；東方的、比較嬌羞的河，或許當是小河，如祇園北緣的白川，及川上佇立的鶴，與那最受人青睞的巽橋，及橋上偶經的藝伎，並同那沿著川邊一家又一家觥籌交錯、飲宴不休的明滅燈火店家。夜晚的白川，是祇園的最璀璨明珠，稱得上古典京都酣醉人生的寫實版本。又白川稍上游處，與三条通交會，是白川橋，立橋北望，深秋時，一株虬曲柿子樹斜斜掛在水上，葉子落盡，僅留著一顆顆紅澄澄柿子，卽在水清如鏡的川面上亦見倒影，水畔人家共擁此景，是何等樣的生活！家中子弟出門在外，久久通一信，問起的或許還是這棵柿子樹吧。另外的小橋流水，如鴨川西側的高瀨川，只是近日旁邊太過熱鬧。或如上賀茂神社附近的明神川，及川邊的社家。

我去京都，也爲大橋流水。子在川上所嘆的「逝者如斯夫，不捨晝夜」，我人在臺不易找到這樣的河與這樣的橋，而京都卻不乏。且它原就稱川，川水淙淙，長流而不斷，你能在大橋上佇足看它良久。白日好看，夜裡亦好看。這些大橋不因過往的車輛造成你停留的不安，便好似這些大橋原是建造來讓人佇停其上一般，且看橋畔的欄杆便削磨得教人樂於扶倚，不論是三条大橋（鴨川）、是出雲路橋（賀茂川）、是宇治橋（宇治川），或是那古往今來受人留影無數的嵐山渡月橋（保津川）。

橋頭便有小店，緊鄰川水，何好的一種傳統，教人不感臨川的那股淒涼。電影《宮本武藏》中，武藏與阿通相約三年後會面的「花田橋」，橋頭一小店，阿通便自此在店打工；這橋與店，今日的宇治橋與橋頭的通圓茶屋，其不依稀是那景意？而通圓茶屋門前立一牌，似謂宮本武藏曾在此停留過。

由東往西，三条大橋一過，右手邊一家內藤商店，是開了一百多年的專賣掃帚的老舖。試想掛滿了一把又一把掃帚與棕刷的舖子，怎麼不是橋頭最好的點景？

爲了氧氣。京都東、西、北三面的山皆密植杉樹，不惟水分涵養極豐厚，使城中各川隨時皆水量沛暢，氣場甚佳，且杉檜這類溫帶針葉樹種，單位密度極高，保擁土水最深濃，釋出氧氣最優，我在京都總感口鼻舒暢。而我最喜在下鴨神社的「糺ノ森」、賀茂川岸邊、嵯峨野大澤池畔以及鞍馬山的森林等地漫步並大口深吸氧氣。南禪寺南邊的琵琶湖疏水之水路閣，沿著這條九十多公尺長的水渠散步，水流湍急，撞打出極鮮翠的氣流，加上旁邊山上的樹林，此地亦成了我「氧氣之旅」的佳處。最大片的林中漫步，則是在奈良公園。可自猿澤池始，向東，取有參天大樹的路徑而行。經過建在林子中的旅館江戶三，續沿春日大社的參道東行，於春日大社神苑附近北行，經過了古梅園墨莊，至二月堂，可稍憩也。臺北人出到外國的城市觀光，常感到興高采烈，有一部份原因來自異國城市的佳好帶氧度。須知台北的帶氧度一向偏低。京都周邊的山雖不高，但植被太厚，水谷穿梭蜿蜒，氣水宣暢，霖澤廣被，令京都無處不青翠、無翠不光亮；卽不說自然面，便是京都的人文面，各行百工臉上精神奕奕，亦是帶氧度極高的城市。

我去京都爲了睡覺。常常出發前一晚便沒能睡得什麼覺，忙這忙那，打包乘車赴機場，進關出關，到了那裡，飛機勞頓，已很累了，雖還趁著

京都最佳是氧氣，而下鴨神社的糺ノ森，不惟樹木參天，更因西有賀茂川、東有高野川兩條大河相夾成丫形，正當氣場交匯之中央，氧氣最暢。

一點天光，在外間張望窺看，想多沾目些什麼，卻實在天黑不久便返旅舍，已有睡覺打算，一看錶，才七、八點。左右無事，睡吧。

第二天。由於前夜早睡，此日天沒亮已起床，也卽出門，四處狂遊，至天黑已大累，不久又睡。待起床，又是天尚未亮。

如此兩、三日下來，睡得又多、又早、又好，整個人便如同變了一個人。精神極好，神思極清簡，只是耗用體力，完全不感傷神。便這麼玩。

每天南征北討，有時你坐上一班火車，例如自京都車站欲往宇治，明明只有幾站，二十多分鐘的短程，但才坐了一、兩站，人已前搖後晃，打起瞌睡來，坐著坐著，愈發睡熟了，幾乎醒不過來，實在太舒服了，突然睜開眼睛，只見已到六地藏了，急急警惕自己馬上要下車了，但仍然不怎麼醒得過來，唉，索性橫下心，就睡吧。便這麼一睡睡到底站奈良，不出月臺，登上一輛回程之火車，再慢慢往回坐。

爲了置身在木頭織編的古代村舍聚落裡。卽使進店吃東西、喝杯茶，買些雜項小品，也常在古老木造屋舍內。在京都七天或十天，可以每天如此，可以每餐如此。完全令自己依偎在古舊木作網織構築的森林中。人不會在任何一處別的地方能和木頭如此親切地貼靠在一起，背倚著它，腳跪著它，每晚躺於其上。故我堅持下榻日式旅館，每晚嗅著藺草的香味睡去。夏夜浴畢，自斟啤酒，推開紙窗，聽樓下市聲喧嘩，竟如電影《男人眞命苦》寅次郎浪途情境。

這就是爲什麼我要在高瀨舟（下京區西木屋町通四条下ル船頭町一八八）這種沒落的老店吃一客天婦羅定食，好讓自己偈坐在陰暗小肆那微沾油色的木柱櫃檯一角，就像是宮本武藏或某些潦倒武士當年的情境。

這也就是爲什麼我每次都要在安政元年創業的綿熊蒲鉾店吃幾個現炸甜不辣（如基隆廟口那種，而非「天婦羅」），好教自己嘴裡有小時候所有臺灣小孩都最盼想的深濃熟悉自家門巷味覺。

這也是爲什麼我要在鞍馬寺通往貴船神社這一段古老杉樹森林中遠足一段，令自己像是置身黑澤明電影《踏虎尾之人》中源義經與弁慶等義士避仇逃難翻山越嶺所經的森林路徑。

說到重溫電影中的古代境況，亦是在京都極有趣的經驗。不審庵西面的本法寺，從來不見書上提過，我亦是某次不經意地來到，黃昏時的荒疏蕭瑟，便有溝口健二電影中的淒淒悲意。譬似說，《西鶴一代女》。有時你去到這樣地方，即使是不經意，所得之感受，較那些名勝、景點，更顯珍貴。

向西不遠處的本隆寺，倒常被提，雖更有名，景卻平平。也可能因它更具重要性，常常修整，變得平庸了。而本法寺形同荒頹，倒因此更加迷人了。

京都各處隱藏著這種沒有名氣、卻極富古時魅力的小景，如三条通、東大路通以西的大將軍神社，深秋的參天銀杏，金葉閃閃，沙地空淨，黃昏時乍然見之，竟教我徘徊良久。便是繞看它旁邊的三条保育所與兒童公園，也感到入眼怡悅，早把適才所逛不遠處之籠新竹器、一澤帆布名店感受拋得乾淨。

事實上，京都根本便是一座電影的大場景，它一直搬演著「古代」這部電影，這部紀錄片。整個城市的人皆爲了這部片子在動。爲了這部片子，一入夜，大夥把燈光打了起來，故意打得很昏黃，接著，提著食盒在迗菜的，在院子前灑著水的，穿著和服手搖扇子閒閒地走在橋上的，掀開簾子欠身低頭向客人問候的，在在是畫面，自古以來的畫面。

我們每隔幾年來此一次，像是爲了上戲，也像是爲了探看一下某幾處場景是否略略做了更動。在有月色的宇治川南岸土堤上淸夜散步，發現已散戲了，人都離去了，只你一人，透過樹梢可窺鳳凰堂一角。再不就是看往川上，波光粼粼，與橘島上靜悄悄的松樹與地砂。十多年前，我第一次來到京都，嚇著了，我張口咋舌，覺得凡入目皆像是看電影。順著街道走，見一店有工匠低頭在削竹器，屋角昏暗處坐一老婦，哇，多完美的構圖。接著一店在包麻糬，粉撲撲白皮中透出隱約的豆沙影子。再走沒幾步，看到著和服女將（女掌櫃）至門口迗客人，頻頻鞠躬。一直往下走，到街底，一彎，又是一巷，燈光依稀，仍是一家一家的業作，或是各自有各自的營生。有的撈起豆腐皮（湯波半），有的鐺鐺鐺地敲著，把刀刃嵌入木柄裡（有次），有的疊起剛才打造出来的銅質茶筒，鐵色渾凝（開化堂），亦有登梯將高處的檜木洗面桶取下（たる源），有的店裡陳列一雙雙帶竹皮的筷子（市原平兵衛商店），有以鐵線編折出網形的食器（辻和金網）……我可以一直往下看，眞就像看電影，只要我的攝影機不關。

一個像你在看電影的城市。說來容易，但世界上這樣的城市，你且想想，不多。

試想一個來自休士頓這種沒有一處有電影場景魅力的城市的人，乍然來抵京都，他會有多大的驚奇！或許他會說：不可能，除非是夢。

假如你喜歡看電影，那京都你不能不來。

若你喜歡吃好吃的，喜歡享受殷勤的服務，喜歡買質地佳美的東西，京都固好，然不來還猶罷了；但若說看，像看電影一樣地看，則全世界最好的地方是京都。

這便是爲什麼我這個既不買、也不需服務、甚至也不特別去吃的門外漢卻說什麼也要三次五次十次二十次地來到京都，幹嘛，看。

爲了這些，我不自禁地做了京都的門外漢。

門外漢者，只在門外，不登堂入室。事實上太多地方，亦不得進入，如諸多你一次又一次經過的人家，那些數不盡的世代過著深刻日子的人家。你只能在門外張望，觀其門窗造型、格子線條，賞其牆泥斑駁及牆頭松枝斜倚、柿果低垂之迎人可喜，輕踩在他們灑了水的門前石板，甚至窺一眼那最引你無盡嚮往卻永遠只得一瞥的門縫後那日本建築中最教人讚賞、最幽微迷人的玄關。

一家一家地經過，便是在京都莫大的眼睛饗宴，甚至幾乎是我在京都的主題了。

門外漢者，也不逢寺便進。有時山門外佇立張望，便已極好。須知京都寺院，何止千家百家？恰好散列點綴於市內各處，成爲你隨時走經、轉頭一瞥，便古意油然而生的最佳市井風景。而山門，是京都風景最大的資產。這裡一山門，那裡一山門，是全城各處即使現代樓宇林立中依然最佳的點景地標，讓人隨時薰沐在古代情氛裡。青蓮院山門外那兩株根盤枝虬大樹，知恩院那巍然不可逼視的超大山門，何等氣勢。法然院座落在山坡密林深處，陰暗中，遠遠一山門，頂爲茅葺，似不起眼，走近一看，亦頗肅穆有威儀，門前一碑，謂「不許葷辛酒肉入山門」。金戒光明寺那階梯高上、教人仰望不盡的山門，嵯峨釋迦堂（清涼寺）那市井小路盡頭突的巍立的莊嚴山門，凡此等等，太多太多，透過山門這通口望進去，深院寂寂，予人無限想像，倒不是只有戲劇中石川五右衛門登上南禪寺山門時大嘆「絕景啊，絕景」那一處有名山門而已。一九五一年《羅生門》在威尼斯影展得獎，算是日本電影首次受到西方注目，而片頭的超高極聳破敗山門，絕對有令西人咋舌驚呼之重要因素！有些寺院未必能進，看山門便好；如嵐山渡月橋頭的臨川寺，常年大門緊閉。有些寺院不甚有名，卻山門依然很有看頭，如「出町柳」站附近的光福寺。至若嵯峨野的二尊院，山門前一段坡道，極是肅穆致遠，教人對寺內充滿想像；實則買了門票進去，竟不如何精彩，山門倒還好看些。最有趣的山門，是坐在京福電鐵這慢吞吞火車上，當經過「御室」站時，可望見北面那座巍峨莊嚴的仁和寺山門，那份驚豔，竟來自這一節極其小市民的電車上。故瞥一眼山門，算是點題，便已很好；一寺接著一寺進，原本不易好好在院中清賞。至若匆促中連看三數寺廟，往往弄混了哪個枯山水在何處寺院、哪個方丈有何殊勝之處。即此一節，若沒留意，遊京都最易暴殄天物也。

再說不少寺廟，亦不易進，遊人如潮也。如清水寺、如大原的三千院、如奈良的東大寺。有的寺廟，地方侷促，規劃出一條動線，使人順著此線走，後人推著前人，教人不得細賞流連，如銀閣寺。

門外漢過各寺院常只是過門而不入；然而那些寺廟並非不值得進，而門外漢多年偶進一次，也會有意外收穫，譬如多年進一次龍安寺，不僅咀嚼那「枯山水」石庭，重新沉吟那十五塊石頭何以如此大小、如此配置，更懂得注意那堵做爲背景的自然褪色、卻神龍飛揚的灰黑斑駁長牆。牆面之褪色，雖說距我第一次看，才十幾年，卻也有些微的剝落。若與一九四九年小津安二郎的《晚春》中所見相對照，則已顯甚大之不同矣。

又譬似進金閣寺，水中金閣固美，池上那些遠遠近近的石山、小島，極有可看；經過十多年，金閣寺的石上苔痕與松姿，愈發養蘊得清美不可方物，我幾要說每一塊石每一株松都已是寶一般。然則即使門外漢要進此二寺，也非選一、二月隆冬不可，乃遊人少也。

於門外漢言，寺院之最美，在於古寺形制之約略，如山門之角度與框廓感，如大殿之遠遠收於目下的景深比例，如塔之高聳不可近視之崇仰意趣，如牆之頹落之綿延遠伸，甚而如樹之虬曲於寺內方正建物相對下之不規則……凡此等等，未必在於大殿斗拱之嚴謹精巧、所供佛像金漆之工藝華麗等細節讚賞。及於此，則進寺院往往僅作粗看，便已私心甚樂，從來不存登堂入室之想；譬似那些在特別季節才短短開放幾日的一些堂奥，說什麼狩野派的「襖繪」（紙門上的圖畫）、說什麼小崛遠州的枯山水庭園、說什麼誰誰誰的茶室，門外漢如我固也曾買票進去看過幾處，終只是感到不怎麼收於心底，逐漸也就不怎麼進去了。

許多寺院之不緊連著進，非爲惜其門劵也。須知門劵之設，隱隱有教人專注此一場所之細審慢詳的意思；倘要匆忙求個概貌（不少觀光客只能如此），往往看過隨卽又飄散了，還不如不進。

而又因門劵之設，不免教人對之有較高的期盼；若進門一看，並不契合己意（或是景物委實不佳，或是自己未窺堂奧），反多了一分不滿。此便是京都「門劵情結」之情況一斑，多半發生於欲在三數日之間廣看衆多寺院的趕景遊客身上。至若門外漢者，並無意進某寺特別盯著某樣國寶凝視，只求遊神於美景之延展或建物之佳廓，眼如垂簾；則自無考慮門劵的問題。

說到花了錢卻不值得，的確亦有。明神川附近社家，有一西村家別邸，門劵五百，未必有啥可觀。銀閣寺旁的白沙村莊，需費八百，也無甚出奇。落柿舍，頗有一襲氣質，但牆內實太小，所費雖只一百五，實則站牆外瞻仰更好；眞進去了，一分鐘後，便已找不到東西可看，只好出來，弄得像是極沒意思。西面的常寂光寺，門票三百，太廉也，乃門內太有可看。其北的二尊院，入門五百，卻不及常寂光寺十一。不花錢的，亦不乏佳所。涉成園便是（但要樂捐），園內亭橋頗佳，卻無遊人，更是不收錢的好結果。東福寺，牆外的臥雲橋，不花錢，未必遜於花錢方能見得的通天橋。三年坂旁的青龍苑，山石嶙峋，池泉清美，山上山下幾座茶室，任人遠觀不收費，依然是極佳之景。

花錢卻必須去的寺院如清水寺、高台寺、銀閣寺、大德寺、金閣寺、龍安寺、仁和寺、天龍寺等；而不花錢卻仍值得去的有南禪寺、知恩院、永觀堂、法然院、眞如堂、金戒光明寺、建仁寺、智積院、東西本願寺、東福寺以及百万遍的知恩寺。事實上，它愈是不收門票，你愈是可以淡淡地投以一瞥、匆匆地蕩步經過，而得其約略之概，常常這恰好予人最有難以言說、甚而如夢似幻的氣韻。而這才是最珍貴的。這也就是黃昏時恰經一寺、不妨也探頭進去、院中略走，在暗沉中張望一下的道理。

所有的神社，皆不收門票，卻照樣景觀軒敞，建築精美。且它的形制更富日本原味（相較於寺院之常有「唐韻」），但看「鳥居」一式可知。又它有一種建築，如上賀茂神社的「細殿」，四周無圍，地板架高，有點像舞臺，或用來演樂或論道之類，亦是甚莊嚴好看的建築物，大的神社有，有時社區左近如同荒置的小神社亦有，甚至更殘舊有味道。神社還有一種建物，稱「繪馬所」，如同是古意盎然的大型亭子，可供人休息，北野天滿宮的繪馬所，每月二十五日的舊貨市集，坐此不乏各色各樣的老人。

京都的屋頂，亦是其風景絕頂資產，櫛比鱗次，綿延不絕，人在高處稍眺，便立然可嘆此等天工造物之奇。溝口健二一九五三年的《祇園囃子》，片頭便是自高處緩緩pan攝東山左近屋頂群落，其間若有高聳物，塔也，完整古意的絕美城市！然自傳統町家減少後（雖然，仍保持兩萬多家之數），黑瓦爲西洋樓房平頂取代，固深可惜，終究是拜寺廟衆多之賜，屋頂壯觀之景依然稱夥，堪慰矣。

京都之花，亦是一勝。自古不僅騷人墨客，便是市井民衆亦頗得賞花之樂，乃京都四時分明，每一季有其特開之花。春天之櫻、秋天之紅葉

水面微微結冰的金閣寺。賞看金閣寺的訣竅是，忘卻身邊不斷的人潮，只凝視它精緻之極的松、石、島與水上的亭閣。

原不在話下，太多遊客爲此而來；至若四月靈鑑寺的椿，五月平等院的杜鵑，六月三室戶寺的紫陽花，七月養源院的百日紅，一月北野天滿宮的梅花，太多太多，然門外漢如我，往往過眼煙雲，不怎麼得賞嘆情趣。倒是「花」這一概略物，隱約令我與京都生了莫名牽繫，並且頗可以古詩繫之。「春城無處不飛花」這一句詩，奇怪，端的是予我京都的感覺。當然，京都原是一個花城。什麼「落花時節又逢君」，什麼「去年花裡逢君別，今日花開又一年」，再就是「花近高樓傷客心，萬方多難此登臨」或「花徑不曾緣客掃」等等諸多「花景」，俱皆極合於京都，又皆極美矣。

我去京都，往往最主體的活動，是走路。即使各處古寺、名所皆不進，僅僅在路上胡走，我亦要說京都是極佳之城市。南禪寺參道向西出「南禪寺總門」那一條路（其間有瓢亭等），東大路通以東的春日北通、向東直抵金戒光明寺的山門，是我常走之路。

御池通以北、烏丸通以東、丸太町以南這一塊商業區（有一保堂、本家尾張屋，有家具街夷川通等），老店老舖處處，卻也宜於走路遊目。

做爲京都的門外漢，我總是不捨得不走路。若非走路，太多的好景說什麼也看不到。倘在東山：圓山公園向南，看一眼野外音樂堂南邊的芭蕉堂與西行庵。我所謂京都之「竹籬茅舍」感也。再向南，取寧寧之道，西有元奈古、松春、力彌諸旅館，東有洛匠茶房、東山工藝，店家門面古雅之佳例也。即使無暇坐洛匠，望一眼它的院子，其中的水瀑、花、錦鯉，怡人也。東山工藝的木櫃木凳，如寒士小店，再抬頭望房額，有「鳶飛魚躍」之字，志又似不小。力彌旅館門口，有一候亭，小巧可愛。圓德院今常開放，院內「北庭」頗佳，據謂出自小堀遠州（一五七九―一六四七）

之手，然不進亦可，門外漢嘛。但向西一小徑，稱石塀小路，卻不能不走。由東至西，曲曲折折，不過二分鐘路程，我每次皆走上二、三十分鐘，流連也，不捨也，細細撫看也。這段小路清幽，卻有來頭的店頗不少，田舍亭旅館亦在此。此處人家門庭修葺工整，樹姿曼妙，教人賞之不厭。

再南，二年坂、三年坂，自古便是天成佳景的坡道，兩旁店家，簾招灑然，行走其上，顧盼自得，卻也不必忙著進店。中國的黃山，奇景仙絕，然黃山腳下不會有清水寺腳下的二年坂、三年坂那樣的古風商家，風味上實稱憾也。

青龍苑，今外圍有眾店環繞，實院內有泉石之勝，此苑不收門票，然

青龍苑。遮掩在三年坂衆商店後的古時佳美庭園，不收門票，卻更悅目。

景致全不輸許多名庭名園也。乃它高處樹景石景俱出色外，幾幢茶室、高低起落，大小有致，何處覓此等佳景？

八坂の塔的前後左右小徑，也多的是人家、商家好景，值得緩步細看。文の助茶屋小庭凳上坐著吃冰，略得村家之樂。

你若已去過哲學之道，不妨試試京都南邊二十分鐘火車車程的宇治；在宇治川的兩岸漫步，江水淙淙，但岸路幽靜、屋舍清美，即使不進平等院、不進源氏物語博物館、不進對鳳庵喝抹茶，也依然可以賞心悅目、澄滌胸襟也。

京都有我認爲舉世最佳的陪伴人走路獨絕屏障景，即長牆。此長牆常是土牆，色最宜人，質亦教人覺著舒服，能在此牆下行路，總希望能走得久一些，別那麼快斷掉才好。牆有時太過教你著迷了，竟連牆內的寺院也不想進了。便因有牆，京都的夜晚變得更美，更富氣韻。而月圓之夜，恰也因地面有長牆與之相映，使月不致孤懸也。（請詳〈京都的長牆〉一章）

嵐山的散步，宜始於天龍寺北門的大竹林，向北往常寂光寺、祇王寺、化野念佛寺一路行去，再沿著瀨戶川的北面向東往大覺寺而行，便可見處處稻田、家家菜園，並在大澤池畔盤桓歇息。

而去嵐山，應乘火車，ＪＲ嵯峨野線的鐵路高度約當二、三樓，以此高度滑行地眺看京都，正好。出京都站不遠，見北面有大片綠地，便是梅小路公園，它不被細寫於指南書中，遊客正好從車窗瞥一眼可也。第一站，「丹波口」，早上八點多的班車，有百分之七十乘客在此下車，奔赴工業園區一類地點上班也。此地以西，概爲京都最不好看之區，遊人原不易至。第二站，「二条」，東面可眺二条城。第三站「圓町」。將近第四站

「花園」，北面有大莊嚴屋頂群落，甚吸引我人目光，這便是有名的妙心寺。車停花園，驛北正對著法金剛院，亦我所謂「車窗外之佳景」也。而西北方一片綠樹山坡，即「双ヶ岡」也。人若玩過三五天最highlight的京都，這花園站可下車來遊。車續西行，南面又有屋頂佳景，則廣隆寺也。須與抵目的地「嵯峨嵐山」。另有一遊賞訣竅，車抵嵐山，不下車，續往龜岡坐去，中經保津峽，可在車上俯瞰峽谷間的保津川湍流，雖只一瞥，亦驚豔也。抵龜岡，不出站，乘回程車再返嵐山可也。

河原町四条，看人景之地方。日本少女，寂寞的代名詞。她走路像是走向她永遠不知的所在。她沒有地方要去，而她一直在走。她的嘴巴看來是沒有語言的，她用她的髮型與她的面部化妝來表達她的寂寞。她與她曼妙的髮型及花極長時間化出的妝廝守在一起。她沒有話語。

有時我在賀茂川邊，覺川上寒風冷冽，莫非今日有下雪之兆，索性在出町柳站旁おにぎり屋さん便當小舖（左京區田中上柳町五十三番地）買了幾個飯糰，登上叡山電鐵，悠閒地坐著小火車，三十分鐘，抵鞍馬。沿途已自車窗眺見比叡山山頂銀光耀眼，雪也。及至鞍馬，亦有雪。吃著飯糰，見往來遊人頸上還繫著剛洗完溫泉的毛巾，豈不又像是寅次郎所經之鄉，噫，何好的一個冬日下午。

這些我一逕立於門外、不特別進去的地方，竟才是最清新可喜的地方，亦是我一次又一次最感雋永、最去之不膩的地方。終弄到要去寫它一冊小書，專門敍說這類張望、一瞥、匆匆流目等等所見的京都，並且多言那不懂日文之驚喜或猜想，多言那自管自享受的異地幽情，多言那沒有電話、沒有熟人、似被逐棄的某種寂寞之自由自在的天涯旅人之感也。

京都的黎明

京都的黎明最當珍惜，看官你道爲何？乃日本人不大有一早至公園打拳、做體操、練氣功、跳有氧舞這一套（與中國人相較，此可見日人之自我、制約，且每人有其相當之個人主義講求，無意與他人同搖互擺之又一斑），於是那些公園、綠地、山麓等空曠公共空間幾乎不見一人，此一刻，你可完全擁有。

倘有一個導遊，帶領七、八個風雅高士作一趟如癡如醉的文雅之旅，或許天濛濛亮領他們來到嵯峨野的大澤池（只能到這類地方，太早各寺院還沒開），或許還帶著古琴的ＣＤ，用walkman裝上兩個輕便的小喇叭，將之放出，各人在池邊各處或散步或佇足，或倚樹或坐石，或立橋上或臥船頭，眼前鴨雁輕游，樹影婆娑，耳間流蕩著《平沙落雁》或《幽蘭》，且看這是何等的幽幽淒淒感受。如此徜徉一陣，當太陽升得高了，光線開始刺眼了，便大夥可以出發吃早點了。

黎明，原本就具有稍縱卽逝的珍貴，恰好京都的黎明更值得寶貝，乃一來無閒雜人，二來景在迷離天光下更富佳讚，三來遊人只知往古剎名寺而進，而寺院恰要八點半、九點才開，愈發令那些不花錢的角落更加受人忽略，豈不更好？

盛夏的黎明更是寶貴。一來天亮得早，黎明自然變長；二來太陽大時，人往往常避室內，一天中許多光陰皆不願在戶外，黎明益發寸寸是金。

言及夏天，遊賞京都固不是最佳美時節，然它的清晨（四時半至八時）與它的黃昏（六時至八時）最是可人。再就是，它的夜晚，無盡的夜晚，不管是散步於三年坂、二年坂、寧寧之道，散步於白川、祇園，散步於嵐山、嵯峨野，或是買醉於先斗町、木屋町，皆是別的季節所無法比擬的。

京都的氣

多年來，我每次站在金閣寺或龍安寺附近，總覺得這一片京都西北角的山勢與色調光景最是淨透爽颯，最是亮堂堂的鮮綠，頗有陶淵明「山氣日夕佳」的清晰感受（乍想到金閣寺內恰有一「夕佳亭」）。我想這是「氣」的關係。不像東山，山麓好景雖不乏，但貼近山時，總是陰氣頗重，如法然院到靈鑑寺一段，如圓山公園東面長樂寺附近。金閣寺附近便不同，此地稱「衣笠」，很想沿著山腳在人家菜田阡陌散步一陣。

若乘京福電鐵再向西，中間經過鳴瀧、常盤、車折時，光色稍灰晦，不甚悅目，然至底站「嵐山」，出站一望，遠近山色又佳了起來。嵐山嵯峨野，景觀變化頗大，有時一日之中，一下微雲，一下又烈日，一下又淺雨，一下又雨霽，一下又既雨且出太陽形成了彩虹，甚是有趣。

東山三十六峰，借景可以；貼近去看，無景也。銀閣寺左近，走來走去，山邊人家住得甚是晦暗，連房舍都顯殘舊了。

這些寺廟皆已貼山貼到不能再緊迫之地步，若想往寺後爬山，應當說不可能，它只供做植被，養護樹土之需。樹與樹間的地面，多濕土也，不甚有堅硬成阜的石崗，甚或不具任人佇停的空間。

在京都，不興爬山。倘要竟登臨之樂，至少也要出城。鞍馬寺向上爬，也只能說有登山步道、巨樹神木可見而已，景致並不出色。

宇治，多好的一個小鎮，自源氏物語博物館往宇治上神社，再至宇治川邊，這樣短短一條路，教人走上無數遍也不厭，走著走著，不免會想，這些佳景背後的那座小山「佛德山」或許不錯吧；結果我真去登了，不惟無啥天成形勢，樹景也差，不值遊也。

京都的山景確有此等不足。不若其水景、花景、庭景、屋舍景、街衢景、牆景、山門景、寺院景等等之精絕無可凌越。便說北京西郊的香山之風景，京都也找不出來。更不說安徽的天柱山、浙江的雁蕩山那種鬼斧神工的山景了。

或許正因如此，日本人反求諸己，將自然中無法擁有的，戮力表現在人文種種情境中，終而積澱出京都這麼雅緻的一片天堂。

京都的水

這個城市教我最佩服的、同時也最羨慕的，是它的所有水流皆有來歷，也皆有下落。這見出人類最崇高的寬容心。

也是人類對於自然界尊敬之顯現。

事情是這樣的。某次在上賀茂神社，見山坡下一泓小水，只是土泥之間撮起的一條凹槽，像是山上樹林間蒸出的一股濕潤，卻也涓涓而流，附近是曲水流觴的演習地，心想：這撮小澗怎麼也留著它？後來出了神社，往南看逛明神川左近社家，再一想，搞不好適才所見的小水，最終亦流入這條漂亮的川裡。接著在上賀茂小學附近人家胡走，發現小河一忽兒在巷道中走，一忽兒又竄入人家院子中，不久又竄出來。這要是在臺灣，人們爲了自家少沾因水而來的麻煩或許早就把它截掉、或者壓根就不令之進家院來。但日本人不會。這是何等講理的地方啊。不禁憶起黑澤明的《椿三十郎》片中便有一溪穿過兩家的畫面，上一家的落花，下一家可在溪中見到。

另就是，在三条通、四条通近木屋町通，有一條高瀨川，它離東面的平行大河鴨川，相隔沒幾步路，若是在臺北，我們早把它覆蓋了、或塡了，只留鴨川這條主河，如此高瀨川上的水泥便平白多出了許多陸面。但這是臺灣人的便宜算盤，京都人硬是不如此。

乃我來自一個將水胡意遮蓋、胡意斬斷、胡意塡埋、胡意截彎取直的城市，來抵京都，見此流水的自然天堂，深有感觸也。

修學院離宮南面有音羽川。曼殊院與詩仙堂之間有一乘寺川。下鴨神社東面有一條泉川。化野念佛寺東面的瀨戶川，向下匯入桂川。

南禪寺旁的「水路閣」，及琵琶湖疏水道，這條水渠大約向西便是沿著岡崎公園南緣那條，甚至也是向南成了白川往祇園而去。

由於河流多，京都的地勢之稍顯起伏，便自看出來了。甚至太多的佳景也因之產生。像祇園的白川，特別是流經白川南通在新橋與巽橋附近，無論日景、夜景，甚至雨景、雪景皆是無與倫比之美。

哲學之道所沿之水渠亦美。

那麼多的讓水經過之路徑，於是有那麼多的水畔、那麼多依水畔而栽的花樹、那麼多依水畔而行的戀人與沿著水側而奔的慢跑者，更別說那些順河面輕輕拂送而來的佳氣與逐它而棲的飛鳥了。

除了河流，京都的池塘亦留得很多。

嵯峨野大覺寺旁的大澤池是我蠻愛去的地方。向東尚有廣澤池。上賀茂東面的深泥池，再東的國立京都國際會館旁的寶ヶ池。嵐山野宮神社西面的小倉池。更別說寺院中精心打理的池塘了，像金閣寺的鏡湖池、龍安寺的鏡容池、天龍寺的曹源池等。

這些水，不管大的小的，皆是京都的寶貝，但也是克服無盡的麻煩換來的。

又京都不少寺院、神社的湧泉亦見出這個城市的得天獨厚。這些泉水，往往來自千百里外高山的源頭，經過山縫地底東走西繞，終於在某個泉眼底下湧了出來。這些泉水，如今猶大多還湧出，令參拜者舀上一瓢，淨淨手、漱漱口，也清一清他的心。

泉水之不枯竭，也在於遠處高山林野之悉心保護。觀察泉水之繼續湧出，亦可查知千百里外的生態是否遭受破壞。

京都周邊，山並不高，卻川上的水勢恁豐沛，可見它的山上植被做得極好。城內的吉田山，僅一百零五公尺；修學院橫山，僅一百四十三公尺；船岡山僅一百一十二公尺，清水寺所在的清水山僅二百四十三公尺。城外的山，像北面的鞍馬山，五百一十三公尺；東北面的比叡山，算是最高了，也只八百四十八公尺。

相較於臺北，郊外陽明山便超過一千公尺，其餘重重疊疊小山不知凡幾，但卻沒見幾條河流，何者，便是將自然界的水，人爲地做了一些了斷。

曾經我站在鴨川邊，見流水淙淙，何等的清澈凉冽，川上時有飛鳥佇停，準備覓食。川的兩岸，有幾撮人散坐石上，與我一樣享受著這空靈卻又流暢的無盡延伸野外。從那一刻起，我愛上了京都的河川。後來我更發現了上游的賀茂川，尤其是出雲路橋西端北面那一段，常單獨一人在那佇停不走，甚至藉著野餐的名義在那裡多賴一賴，像是偷偷躲避似的選此私密角落。

京都去了一、二十次後，有時寺院亦不忙著進了，名街（二年坂、三年坂）雅巷（石塀小路、上七軒）亦不非走不可了，名館名所名店也可去可不去後，我發覺我總是找藉口往河邊而去。河邊，爲什麼？難道是小時候翹課最嚮往的一處夢想場景？抑是年齒漸有後，於空閒開曠既稍具野意卻又不算偏離人煙的戶外大荒最感深獲己心乎？

京都的旅館

住日本傳統旅館（ryokan），便是對日本家居生活之實踐。而此實踐，往往便是享受。出房間，拉上紙門，穿拖鞋，走至甬道底端，進「便所」（是的，日本人也這麼稱呼），先脫拖鞋，再穿上便所專用之拖鞋。若洗澡，常要走到樓下，也在甬道盡頭，也要先脫拖鞋，赤腳進去，在外間，把衣衫脫去，再進內間，以蓮蓬頭淋浴。有的旅館稍考究的，除蓮蓬頭外，尚有澡缸之設；或只允許你以瓢取水，淋灑在你身上；也或允許你坐進大型浴盆內泡澡的。概視那家店的規模而定。

當旅客洗完了澡，穿上衣服（常是店裡所供應的袍子），打開門，穿上拖鞋，又經過了甬道，再登樓，又聽到木頭因歲月蒼老而發出軋吱聲，經過了小廳，回到自己房間，開紙門，關紙門……經過了這些繁複動作，終於在榻榻米上斟上一杯茶，慢慢盤起腿來，準備要喝；這種種進進出出，上上下下，穿穿脫脫，便才有了生活的一點一滴豐潤感受。此種住店，又豈是住西洋式大飯店銅牆鐵壁甬道陰森與要洗澡只走兩步在自己房內快速沖滌便卽刻完成等過度便捷似飄忽無痕啥也沒留心上所能比擬？

它的房間，只六個半榻榻米大，卻是極其周備完整之一處洞天。有窗，開闔自如，可俯瞰窗下街景市聲；這窗，也頗中規中矩，常做兩層，朝街道的，爲鋁門窗，朝房間的，自然是木格子糊紙的古式紙窗。日本生活之處處恪守古制，於此亦見。有龕（日人稱的「床の間」），如今雖多用來置電視機，卻仍有型有款；加上龕旁單條的多節杉木柱子（日本建物不講究對稱），此一形制，令雖小小一室亦有了主題；有泥黃色的土心砂面之牆可倚靠，日本房間的牆是它的最精妙絕活；其色最樸素耐看，不反光，其質最吸音。如此之牆，加上其紙門紙窗，人處此等材質之四面之中，最是安然定然。日本的牆面，卽令是寒苦之家，亦極佳適，非西洋及中國可及。再加上它的榻榻米，既實卻又柔，亦吸音，坐在上面，人甚是篤定。在這樣的房間裡，喝茶、吃酒、揮毫、彈琴，甚而只是看電視，皆極舒服。

但在這種房間，最重要的事，是睡覺。正好日式房間的簡樸性，最適於睡覺。故最好的方法，是不開電視。須知好的電視節目會傷害睡意。完全的純粹主義者（如來此專心養病者，或是關在房裡長時段寫劇本者），甚至請老闆把電視機移開，令房間幾如「四壁徒然」。倘你能住到這樣的旅館，表示你已深得在日住店的箇中三昧了。

遊過京都太多次後，每日出外逛遊便自減低，倒是在旅館的時間加多，這時不管是倚窗漫眺（若有景）、是翻閱書本、是几畔斟茶、是攤看地圖抑是剪指甲剔牙縫摳鼻屎等等，皆會愈來愈有清趣，而不至枯悶；並且合這諸多動作，似爲了漸漸幫自己接近那不久後最主要的一樁事，睡覺。

京都是最適宜睡成好覺的一個城市。乃它的白日各種勝景與街巷處處的繁華風光，教人專注耗用體力與神思，雖當時渾不覺累，而夜晚在旅館中的洗澡、盤腿坐房、几旁喝茶或略理小事等眾生活小項之逐漸積澱，加上客中無電話之干擾、無家事之旁顧，最可把人推至睡覺之佳境。

又傳統小旅館，廁所及浴室皆在你的房間之外，走出房間，只能拉上紙門，無法上鎖；此種種情形，令有些人感到隱私與自在性不夠，且個人財物之保障亦不足，這不免令有些凡事特喜強調自己絕對主導、自己必須掌控之人更是不能忍受；但我覺得還可以。主要它很像你投宿在親戚家（君不見，店家的貓在你腳邊看著你換鞋，而耳中傳來掌櫃孫女的鋼琴聲），同時更好的，你還能付錢。平常我們說，希望能到人家家吃飯而又能付錢，便是這個意思。

近年我多半下榻京都火車站附近的傳統小旅館，最好是不登錄在旅館協會廣告上，也不著錄於指南書上者。並且要小到令修學旅行的大隊湧入的中學生也不可能住得進來。所謂小，只有房間六間，住一晚四千五百圓。在淡季，住客往往僅我一人，每天一早出門，在玄關取鞋，鞋櫃中只有我的一雙鞋；晚上返店脫完鞋，放櫃時，櫃中全空。有時一連好幾天皆如此，甚至我都覺得有些冷清清的。終於有一天，回返旅館，見櫃中已先放了一雙鞋，心道「有鄰居了」，竟感到微微的溫暖，同時繫著一絲好奇，「不知是何樣的住客？」便自回房。往往次晨至玄關取鞋，那人早走了。其間連一面也沒碰上。亦有在甬道聽到紙門開闔、人進人出的聲息卻沒見著人的情形。這種種，皆算是小旅館之風情，亦沁滲出某種「旅意」。十二月中這種淡季感覺最好，乃紅葉期之喧騰剛過，遊人散得精光，卻疏紅蒼黃的殘景猶存，仍得欣賞；且寒意已頗有，此時來遊京都，最是清美。下榻小旅店，夜晚之寂意，教人最想動些獨酌或寫詩的念頭。有時見店家有吉他，借它在自己房中慢撥輕唱亦甚紓旅懷。

倘若一夜下了雪，清晨開窗，驚見白色大地，這種感受，也是木造旅館比較豐盈。宇治的菊家萬碧樓，貼臨著宇治川的南岸，在這樣的小旅館推窗見雪，並且是飄在大河上的雪，想想會是怎樣一種情味！莫不像五十年代日本「總天然色」電影的那襲東方式青灰調。菊家萬碧樓價頗廉，素泊才四千，帶兩頓飯也不過六千五（日幣）。二〇〇四年十月中我去到宇治，見旅館招牌不見，且正在裝修，一問之下，原來要改成一家café，可惜。

傳統旅館尚有一缺點，便是宵禁（curfew）。亦即，你必須十點半或十一點以前返店。乃店東會等門，你若晚歸，他便只好晚睡。甚而他們全家還不敢去洗澡；須知平素多半是房客陸續洗完，店主人一家才開始洗。

有此宵禁，便有的夜晚不能盡興。譬似人在京都十天，總想某一夜玩得晚些；或在居酒屋喝得酣暢些，或是在某幾處幽靜的街道上散步得遠一些、久一些，或是看一部日本老的藝術電影，總之令良夜別那麼早早結束，這樣的感覺在旅次最是可貴，噫，如何能教這區區的宵禁便給壞了呢？當然不能。故而有經驗的旅客會在八天十天的旅館住宿中挑出一兩天搬到西洋的hotel住，也同時令自己換換氣氛。

選住此種傳統旅館，以二層木造結構者爲正宗。京都大多的二層木造房子，倘在舊市區，一百年老的，不算什麼。當然，多半會在四十年前或三十年前做過一次大裝修（前說的窗，外層用鋁質，內層用木格糊紙，便是裝修之證）。那種以鋼筋水泥建成五樓七樓的新式架構、再在內部以傳統木材、泥材裝隔成和式房間者，便因其整體呼吸並非全木造之一氣呵成、牽一髮而動全身的柔彈有韻，便住來不甚有意思矣。甚而說，不值一住。

京都自古便是觀光與參拜勝地，旅館極多，其散佈，各區自有其區域色彩。據松本清張與樋口清之的考證，傳統上言：東山山麓與中京多傳統式古建築旅館（如井雪、お宿 吉水、俵屋、柊家）。嵐山周邊多近代和風高級旅館（如嵐山溫泉嵐峽館、嵐山辨慶）。三条與四条間的鴨川旁多專供學子修學旅行下榻的旅館。東西兩本願寺附近多團體客旅館。面朝鴨川與面朝桂川多料理旅館。南禪寺門前多溫泉旅館。站前與蹴上多西洋式旅館（如Miyako Hotel）。

有的人爲了太過欣賞日本旅館，便打定主意在遊京都時，說什麼也要住一住那些耳聞已久的名店，如柊家、俵屋、炭屋等。

名店，只能感受它的歷史、想像它的精緻卻又素雅甚至質樸的優良傳統，未必適宜下榻。乃不夠放鬆也。另就是，住不起，至少我是如此。

柊家、炭屋這些老字號，住一晚帶兩頓飯，需三萬一千五百圓，享受固享受，所費委實太昂。且不說其事先預訂往往排到半年一年之後。又名店，既付了昂貴房錢，浴室與廁所便絕對建在你個人的房間裡，這麼一來，代表他改過裝潢——須知原始的建築不可能每間房中設有浴室——此種古蹟般的房子動過裝修工程，在完美主義者的純粹要求下，便扣了大分，甚至於，不值得住了。

名店，還不僅僅只是這幾家老的、貴的、帶高級料理的而已，乃京都是旅館的至高首都，太多的店，經過歲月，皆早已馳名天下，像石塀小路的田舍亭，宿費雖八九二五圓，亦僅六間房，但也是極難訂到。何也？名氣也。像「京の宿 石原」（中京區柳馬場通姉小路上ル七六）也只六室，宿費一萬零五百，由於是大導演黑澤明來京都常下榻的旅館，自然也成了名店。還有如其中庵（圓山公園內），環境甚好，宿費八千四百圓，但不租予外國人。至若座落在白川邊上的白梅，位置優雅，可賞小橋流水與櫻花，然我某夜散步白川南通，抬頭見一老外在二樓房間更換和服，哇塞，此房間之作息豈不完全曝於路人前？

那種一泊附朝食（住一晚帶早飯）的小旅館，所附的早餐，未必值得吃。須知打理旅館已很忙了，要再專注於做飯，不甚容易，故不少食品是外頭買來的成菜，如那塊鹽醃的鮭魚，往往吃後一個早上打嗝皆是它的類似不夠新鮮之腥味。

雖說一早起來能吃到一頓家庭式的飯菜是多溫馨的事；但對不起，這樣的家，多半的旅館還達不到。

高級料理旅館所附之晚餐，倒是精心慢烹細調出來的，只你不是那麼容易消受。且說早上先吃了一頓豐盛佳餚，接著出去遊觀。至下午四點多鐘，你已開始微微緊張，不時提醒自己切莫遲歸，總算五點多鐘返店，便去洗澡，換上舒服衣衫，準備吃飯。然後一道一道菜上來，你不但需以目光細細品賞菜色之精巧佈局，幾近不捨得動箸破壞它，但還是不久將之放入口裡，滋味鮮美不在話下，卻又不敢太大口地囫圇吞棗，免得失禮。照說吃這種高級料理，尚應注目於它的盤器，乃常常用上極佳之陶藝，如北大路魯山人等陶藝家之作品亦不一定。最好是一邊吃飯一邊與同伴讚賞菜餚之美味，再偶喝上一口酒，與同伴論讚一番器皿之美感與年代。更好的，還討論一下庭園的泉石花樹，甚至興來吟唱一小段古曲，便教不遠處那恭恭敬敬安安靜靜等著隨時伺候你的服務人員也禁不住抿嘴一笑被你娛樂到了，那就最完美了。

座落於京都最有價值的一條路——石塀小路——的旅館田舍亭。

然而這樣頗費工程的一頓晚飯，你倒說說，尋常像我這樣的阿貓阿狗客人如何消受得來？

料理旅館（如柊家、俵屋、炭屋、近又、菊水、八千代、吉田山莊、粟田山莊、畑中、晴鴨樓、玉半……）由於晚餐是重頭戲，旅客必須全心地面對它，這造成你一天的遊覽皆受這頓晚飯的牽制；不敢跑遠，不敢玩得滿身大汗，不敢亂吃零食亂吃點心甚至不敢亂喝咖啡，於是一天往往甚是虛浮，像是全部只爲了那一頓飯。

加以負責的料理旅館，爲了不讓旅客吃到重複的料理，通常只允許你下榻二夜（有的甚至僅一夜）。這麼一來，你必須再搬家了。不少臺灣的億萬富豪很樂意住料理旅館，然要每一兩天便不停地搬家，倒反而是苦事了。

所以說來說去，還是住不甚受人注意的小旅館最為閒適，不僅圖省錢而已。

名店，未必宜於下榻，倒是宜於瞻仰。麩屋町通上的炭屋、俵屋、柊家，到底是老店，其門前的樸素靜穆之感，已是佳景。似柊家這種老旅館，其前身常是老創始人自遠地家鄉來京設立的「社中」（商棧），供鄉人或員工赴京辦事時有膳宿之所，其後轉變成旅館。十九世紀中葉，不乏武士階級下榻，故柊家長長的泥牆直延伸至御池通，轉角處猶矗立著古時「駒寄」，乃武士繫馬處也。

又名店常富韻事，亦是人在遊覽途中頗能一增談助之趣。如柊家向來受文人墨客喜愛，川端康成便不時宿此，並常記之於書文小冊。吉川英治、三島由紀夫、武者小路實篤皆曾下榻。默片大師卓別林（Charlie Chaplin，一八八九—一九七七）亦住過。

吉田山南麓的吉田山莊，亦是宜於觀看，庭院占地千坪，在京都算是大的。然在院中張望，未必禮貌，它中午供應的懷石「華開席」，三千五百圓，或可坐下來吃。

另一個山莊式的旅館是粟田山莊，在粟田神社旁。

南禪寺參道前的八千代、菊水，亦可一眺。菊水門前匾額，謂「壽而康」，入目頗怡。

南邊不遠處的西式大飯店都ホテル（Miyako Hotel），最值得參觀。由老牌建築師村野藤吾（一八九一—一九八四）設計，舊館成於一九三六年，宴會場成於一九三九。主體的本館陸續自一九六〇到一九九二年建

料理旅館菊水進門處。匾額題「壽而康」，予人起居安適之信任感。

成。可先參觀大廳，素雅卻又精緻，臺灣沒有一個飯店大廳有此氣質。另一值得細看的，是和風別館佳水園，成於一九六〇年，乃一幢幢建於山坡林間的和式獨幢茶庵式木屋（所謂「數寄屋」）。由此上山，飯店特別開發一條步道，稱「野鳥の森・探鳥路」。

這種建於林子裡的小屋式旅館，令我想起了奈良的江戸三。江戸三座落於奈良公園內（奈良公園是一極大場域之泛稱，基本上近鐵奈良站以東，直至春日大社，其間皆是奈良公園），亦在繁茂樹林裡，你別看它房子舊舊小小的，地上落葉腐腐的，下過雨後這裡陰陰濕濕的，甚至木頭有些還似朽朽的，但住一晚，一點也不便宜。此爲日本尊重自然（卽使自然易碎易朽）、維護本色之最受人佩服處也。

菊家萬碧樓。緊貼著宇治川，風蕭蕭兮川水寒，在此最得領略所謂旅途的淒清。

離江戶三不遠的奈良ホテル（Nara Hotel），是鎔和洋建築於一爐的西式大飯店，頗值得往南跨橋（橋兩面各有一塘「荒池」）沿汽車常堵、排氣極濃的一六九號公路走上一段去觀看，在大廳歇一下腿，甚至喝一杯咖啡或上一下廁所什麼的。

另一西洋hotel，是俵屋東北面，跨過御池通，在京都市役所（市政府）旁的京都ホテルオークラ，亦是人在中京區散步逛店（如寺町通的老茶舖一保堂等）時頗值走經一停，進它的大廳佇足一看甚至稍坐的佳良景觀也。

有些旅館或民宿，位於風景區，教人很想下榻，譬似嵐山、嵯峨野便不乏此類小館，然有些緊鄰街道，汽車來來去去，人住著頗感緊張，如小畑町附近的民宿一休、嵯峨山莊、梅次郎等，便屬此情形。至若清涼寺西面的民宿嵯峨野（河瀨）、岩佑（山田屋）、嵯峨菊（佐佐木）、瀧野等，正臨著遊人無數的街道，遊客去二尊院，或是祇王寺，或是寶筐院，或是落柿舍等，皆不免在這幾條街道出沒，他們吱吱喳喳的談笑聲常透進你的窗內，如此一來，嵐山、嵯峨野的幽情便完全消受不到了。

稍北幾百公尺的夏子の家（小畑），倒是絕佳的環境。開門便是大片的菜畦稻田，下榻於此，像是住農村親戚家，豈不更有放假之感？

夏子の家附近的菜園。

京都的長牆

京都另一最大風景資產（除了山門），是長牆。人依傍著它踽踽行走，似永走之不盡，此種寬銀幕畫面，是世上最美的景。而自己這當兒的沿牆漫步，得此厚堵爲屏，心中爲之篤定，非同於跋行曠野荒原之空泛無憑藉也，即此一刻，正是最暢意卻又最幽凊的情境。便因這無數堵的牆、直統統的到底、卻一轉折又是重新的無盡，便教西方千百雄麗城鎮無法與京都頑頡，也令京都在氣氛上堪稱舉世最獨一無二的城市。

牆之延伸，廓出了路徑的模樣。愈是土屑樸厚、悠悠無盡的牆，愈將一條原本無奇的路塑成了古意盎然的絕佳幽徑。而這樣的牆路，不僅自己走來愉悅，即觀看其他路人（如躬背的老嫗，如打傘的少女，如騎車的學子）沿牆經過，亦是教人興奮莫名的好景。

牆之佳處，常不在白日，而在夜裡。乃此刻光線微弱，人僅需得那依稀之意。牆之佳處，也常在雨中。夜晚與雨中，恰也正是閒雜人最不見之時，也正是門外漢如我最喜出沒之時。

我於牆之喜愛，極可能來自幼年臺灣各處皆是日式規劃下的巷牆，加上兒時看日本劍道片、忍術片，戲中人總在黑夜牆下殺鬥，時而沿牆追打，突一轉入巷子，又遇伏兵，接著再殺。這些牆，竟然是那麼多驚險劇情的托襯屏障，何等的天成，何等的神筆！當年心道：日本怎麼會有如許多的長牆？這樣牆曲牆折、牆夾來牆夾去地所構成之迷宮，教人夜晚怎麼敢走路呢？而要是犯了仇家，如何能逃過他的圍堵呢？

即尋常村家亦有長長美牆的嵯峨野。

如今，這些幼年銀幕上所見的牆，竟已可以撫在我的手下、賞嘆在我的佇足中、並讓我無盡地沿著它緩緩蕩步。

日本夜晚，有一種極其特殊的氣氛；即我們小時候自電影已然有此印象。而此特殊氣氛，主要來自日本之建築與市街格局。

小時候見一曲名，謂〈荒城之月〉，心道：極合也。壓根便將日本長牆、日本屋瓦、甚至夜色、甚至日本淒淒笛聲等等剎的呼喚出來。

牆之美，常在於泥色單素無華，也在於一道到底、不嵌柱分段。名所的牆，未必雅美於尋常家牆，乃它常常修葺也。小津安二郎的《彼岸花》，有一、兩個京都鏡頭，並不用在名寺各景上，但眼尖的京都迷，仍可見出是高台寺左近寧寧之道與其旁的石塀小路。如何看出？垣牆莊美也。

寧寧之道，不愧是東山最典雅的一條小路，尤其深夜行走，更是淸麗醉人。那些下榻附近旅館（如元奈古、松春、花樂、川太郎、祇園佐の、京の宿 坂上等）之人，深夜散步回家，那種感覺，教我羨慕。此處的牆瓦人家，最把京都佳良日子呼喚出来。豈不見料理店稱「高台寺閒人」者？與寧寧之道平行的西面一條路，是否叫下河原，有名店美濃幸、鍵善良房等，亦是値得漫步。此二路之間夾的石塀小路，更是不可忽略。

京都之夜，常常教人不捨。不惟牆美，不惟月淸，更有一原因，是日本的治安極好，你在別的國家不夜遊的，在此也禁不住往外探看一下。

嵯峨野充滿著寧靜的牆，不論是寺院或人家。大覺寺、淸涼寺與落柿舍附近，多的是好牆。最主要的，此處人煙較稀落。

方廣寺的「石垣」，是雄偉的牆。三十三間堂大殿的某一面側牆肅穆精美，木窗緊閉，綿長完整，每年舉行一次射箭比賽，這面長牆，最是好看。我嘗想，電影若以之入景，必極典麗；果然内田吐夢一九六四年《宮本武藏：一乘寺の決鬥》用到了這面牆。

山科的醍醐寺，買門票入寺，沒啥意思，但它的牆，倒是頗值散步。東福寺則不同，不但寺內好看，寺外的牆亦是最絕。臥雲橋北面走到南面，由同聚院走到芬陀院，再走到光明院，無盡的牆，無盡的年代。紅葉的季節，人人湧進寺內，在通天橋附近嘆賞楓紅，而我竟沿著這些沒來由的牆像迷了路般的走著，待想起還有紅葉要看，竟然天色已暗了。

冬日，天黑得早，在一保堂附近的寺町通逛街，幾家店進出，乍的已天黑了，有時還飄起了小雨，向北走著走著，發現自己竟沿著京都御所的

寧寧之道，我走過無數次，至今不厭，並且奇怪的，總不多見行人。

長牆而行，哇，多好的風景，平日在炎陽下，它是多麼教人不耐。

深夜在先斗町、木屋町喝酒後出來，感到這些小街窄巷燈火人家喧囂不已，很是沒趣，此時突然令自己沿著御所的牆或是二条城的牆散步，最是有良夜之嘆。

金戒光明寺與眞如堂之間，散列著無數寺院，如西雲院、松林院、龍光院、永運院等，在這些高高低低，坡階起伏的院與院所夾之牆海中漫步，頗有一襲尋尋覓覓、曲徑通玄之感受。此區可說是白川通西面的高坡之遊覽；白川通以東，則是哲學之道平地水畔之遊覽。兩者情調不同，可以互參交錯來玩。

金戒光明寺旁邊眾院，是牆海之迷宮，永無遊人，最佳的沉思場所，堪稱「高坡無水的哲學之道」。

最美的牆景，莫非奈良二月堂走下來，往大湯屋方向，下坡處的幾面院牆，那股泥黃，那份曲折角度，那種永遠不見閒人之寧靜，而我何其幸運竟然在此經過。

京都的手袋

在太多有個性的櫥窗裡，常會看到三兩個像是由藝術家或業餘的藝匠做好再拿來這裡寄賣的手袋。

爲什麼說像寄賣？因爲這些一家又一家看到的手袋，全都不一樣，又似乎只有一款，也不像出自哪個手袋品牌的大廠家。並且這些手袋或背包皆像是因興趣而下手做成的，用手做成的，且只做一兩只。故我會說藝術家或業餘興趣者所出品。

日本人很懂得裝東西、盛東西；故他們設計出來的「盛器」原就極成熟；袋子便是一例。

我這裡說的手袋或背包，指的不是純女用的皮包，亦不是登山氣味太重的背包；而是介於此二者之間、男女皆可用、又頗能裝放一些東西的「有風格的包包或袋子」。

有時候，衣服店放了三、五批手袋；每一批像是出自不同的手藝家。有時候皮件店也放了幾個在賣。某些比較有風格的文具用品店也放了幾個在賣。往往一條頗 trendy 的街道上，有好多家都賣手袋；並且每一家皆不重複。在這樣的店裡東見一隻手袋西見一隻手袋，不禁教我好奇：究竟是什麼樣的人在做這個？

當然，就是很愛做工藝的人做出來的，很簡單。這些人在一百年前的話，或許便是做花器，要不做織染，皆可能。

我看了不知多少個手袋，也想像了有多少個硬是自己有興趣、自發性地發出了巧思、下手去裁剪、去編構、去設計的年輕人在京都周遭、低著頭在一點一滴地完成他們的作品。而京都，正是這些無盡工藝品最佳的陳列地。

京都之吃

京都之吃，可謂琳瑯滿目，甚至美不勝收。乃自古它便不像大阪、東京那麼近海，魚鮮之取得没那麼方便，致京都發展出精巧利用食材之高妙技藝，微有「窮而後工」意味，如鯖魚壽司（老店如いづう，且開業二百多年）等。同時京都所烹製之河豚、鯛魚、鰻魚等往往比原產地更加美味。

保存素菜食物的方法，亦多。如麩，如腐皮（湯葉）、凍豆腐、薇菜乾等。

「漬物」更是有名。如加茂特產酸蕪菁。如大原的「柴漬」（名店如志ば久），將茄子、黄瓜、紫蘇葉、嫩薑等以鹽醃漬，令出微酸。再就是更後起的「千枚漬」（名店如村上重本店），將聖護院所產的蕪菁切成輪狀薄片，用少許的鹽醃漬，並每日加入昆布調味，令其產生一襲海裡帶來的鮮香氣。

又京都的蔬菜，拜其溫濕恰好之氣候與優良土質之賜，亦是甚佳。然此種佳，形成京都人對各種蔬菜瓜果之珍惜、寶貝、甚至歌詠。譬似畫中的茄子，或門把手上的茄子形鏤刻，或以蔬果模樣製成筷架，或柿子的圖案之無所不在。此為日本地小人稠、物產惟艱之後產生的「專一凝視」之美，對一只柿子、對一根茄子；相較之下，吾國或因傳統上蔬果栽植廣闊，菜價偏賤，人之看待青菜，則處處「雜樣泛覽」，不會對一只瓜果凝視。以瓜果之形入工藝，甚少。凡見市場菜蔬，總是成堆如山，菜販剝除外葉，隨手兩層三層，毫不疼惜。至若青蔥，常是送的；何曾似日本對待蔥像特別一道菜之正視。而家中飯桌，蔬菜動輒五、六種之多，自助餐店之蔬菜種類更多至二十樣亦常事也。

最有名者，謂「懷石料理」。懷石料理源於僧人之「茶懷石」；而懷石一詞，乃「懷」中置一暖「石」，以之溫腹，令腹饑稍得減釋，此僧家矢意少食之修煉也。而茶懷石之出菜，在於一道一道精雅清素之儀式美感，終在日後影響了懷石料理的配色、陳設、出菜、季節感等等之美學，也不自禁塑捏出京料理菜色搭配之貴族化傾向。

「精進料理」亦是京都之長，但看其寺院之多可知。須知日本民風一般沒有吃素之固有概念，譬似日人亦甚少吃粥習慣（若吃粥，常是生病時）。而寺院乃階級崇高之地，由寺院發展出的精進料理，常亦是意念、儀式之表現，往往極清雅、素淡，並且極純淨；精進料理，未必是蔬菜料理。大德寺一久（京都市北區紫野大德寺町二十）可爲其代表。

京果子，亦是重頭戲。名店極多，以下便是幾個示例：粟餅所・澤屋（上京區今小路通御前西入ル紙屋川町八三八―七）的「粟餅」。かさぎ屋（東山區高台寺桝屋町三四九）的「三色萩之餅」。鶴屋吉信（果遊茶屋，上京區今出川通堀川西入ル）的「生果子」。神馬堂「やきもち」。杉杉堂「山椒餅」。鍵善良房「菊壽糖」。龜廣永「古都大內」。鹽芳軒「千代タンス」。嘯月「春の野」與「御室の里」（連起名竟也恁雅）。末富的「兩判」。龜堺的「京のよすが」與「絹のしずく」。

我人在京都，見到果子，不免這嘗一塊、那嘗一塊，頓感口中甜不可耐，幾乎要責備於它了。實則這些甜糕是古代為了許久（有時要好幾年）才得嘗上一口糖，故而必須在極小的體積裡置入極多極重之糖，使人一口咬下，所得之甜，足以感動到要涕零、到便此死去亦不枉之地步；曉於此，我人在京都嘗京果子，不妨久久吃一小塊，甚至三數人分一塊羊羹，每人一小口，且以虔敬心情、儀態，很正經地咬下它，便可得其趣矣。噫，「以虔敬儀態」，實是玩賞京都之訣竅也。更甚者，不妨只是觀看，並不買吃；寺町通近御池通的龜屋良永，其櫥窗所擺設的果子，簡素之極，幾乎已是藝術展覽，這家老舖子總是冷冷清清的，甚少見閒人，我每次經過，皆會稍作佇足，單單對擺出的一兩件果子凝視便已然很過癮了。

京料理的原鄉，在鴨川兩岸。可以祇園的「南座」爲中心，東面的花間小路，北面的白川，向西跨過四条大橋到先斗町、木屋町，這一區塊自古因會席、因藝伎、因歌舞表演等，發展出精緻的食藝，即今日在衆多巷弄走過，嗅得到生魚隨時散發出的鮮香氣味。即今日京都之料理，亦隨時加入新意，以下八店的應時菜餚，可算一些代表之例：

一、祇園・松むろ（東山區花見小路通新橋下）的「鱧と松茸の椀」，以紫萁蕨、水芥菜、柚子把鱧與松茸之味提得更清雅。「吹き寄せ」：明蝦、芋艿、南瓜、藕、秋葵、冬菇等燴於一鍋。亦極清淡。此二道菜的一餐，需一一五五〇圓。

二、京都・和久傳（下京區烏丸通伊勢丹百貨十一樓）的「秋茄子と煮鮑」：秋茄、鮑魚、丹波黑豆共煮，淋上以吉野葛調製的芡汁。口感絕佳。八四〇〇圓。

三、京野菜館（右京區嵯峨天龍寺廣道町三～四），長月京便當，一五八〇圓。尚提供番薯蒸飯、水菜拌香菇、南瓜（鹿ヶ谷產）煮紅豆（丹波產）、紅鰤生魚片等單品料理及萬願寺辣椒、山科茄子等製成的下酒小菜。

四、阿じろ（右京區花園寺ノ前町二八─三）的緣高便當。以一客三四六五圓之組合爲例，內有冬瓜味噌料理、蜜煮小番茄、蓮藕飯、蓮藕麻糬蓴菜湯、賀茂茄白蘿蔔湯、萬願寺辣椒、毛豆胡麻豆腐……等。

五、紫陽（中京區堺町通御池上ル）「コロッケ三種盛」，一二五〇圓：可樂餅、丹波黑豆、毛豆、五種菇類、茄子及雞肉泥等。炸茄子燉咖哩「揚ば賀茂茄子のカレー煮込み」，一二〇〇圓。「萬願寺湯」，六〇〇圓，氣味濃烈，爽口。

六、はり清（東山區大黑町五条下ル袋町）的「土瓶蒸し」：食材有鱧魚片、松茸、銀杏等。另有四〇四三圓的午餐，爲當日主餐之輕食版，內容有蓮藕捲鮭魚、鱧壽司、毛球壽司、黃醬烤烏賊、山桃、車蝦、八幡捲鰻魚。

七、美濃幸（東山區祇園下河原清井町四八〇）的午餐茶箱便當，三五〇〇圓：栗飯、鯛魚（以昆布捆紮）、京芋（京都近郊特產，又稱蝦芋）蛋黃拌蝦等。另有柚香烤甘鯛等燒烤類懷石料理。

八、菊水（左京區南禪寺福地町三一）的午餐「京の味」，六二五〇圓。依序有：醋拌料理（有時以胡麻豆腐替代）、生魚片（如鯛魚、紅鰤）、味噌料理（如味噌豆腐）、天婦羅、每月更換之炊飯（如銀杏飯）及飲料（水、酒等）。

然據內行吃家自圖片與菜名審去，亦不敢言此即美味也。

故京都之吃，確是琳琅滿目，美不勝收。然也正因這些單一類食物之各有太過精到之傳統，各有其嚴謹之分工，如湯豆腐，如手打蕎麥麵，如湯葉，如鯖壽司，如漬物，如松花堂便當……以致在京都吃飯，必須或專於此、或專於彼，進此店則必須捨彼店，賣天婦羅的絕不賣壽司，並不能隨意地相容並蓄地在一張飯桌上獲得，這一來極不易下決定，這頓是吃哪一樣食物好，二來常吃得狹隘，近乎小時候大人們說的偏食了。

不禁令我懷念起太湖邊的洞庭西山，即使農家小館所吃一盤白切土雞、一條蒸白魚、一碟雪菜炒銀魚、再加三數盤蔬菜如此所費一百多元人民幣的每餐所吃，其風格何其不同。西山爲江南豐美地不說，便是廣西桂林這土瘠人貧之地，所吃亦甚好。與京都相較，西山、桂林之食爲農家百姓隨手備就之食，京都之食幾如帝王公侯之家精割細烹之食；然帝王家之食何等嚴謹華麗終至精簡甚而拘窄最後只如儀典而竟不易同常民口舌相與矣。

由兩國食物備置方法之不同，相參於日本人行事之有板有眼，每人只專守其單一之司，絕不將各務之司攬於己身，重大決定只敢委於團隊；與我國人之既無團隊可委，必須每人自作主張，終至演成每人看似凡事圓滑忒敢表達幾如頭頭是道，兩者實太過不同也。故隨意進一中國人家，他「膽敢」做出十幾二十道如饗王侯之「國宴」；而隨便一個日本家庭，連飯桌上的菜也恪守謙卑之義，只簡簡做那三、五樣，雷池不越。曉於此，則京都即廟堂之美、百官之富，吃飯確實不那麼輕易。

即說一點，便是京都的吃，最最不足之處，乃蔬菜太少（也恰好形成它「專一凝視」之美：對茄子之凝視，對柿子之凝視等）。不惟在低價位的食肆吃不到，在高級的料亭亦吃不到。有時幾乎教人懷念起臺灣的自助餐這種平民學生小食舖了。前說的「精進料理不是蔬菜料理」；你看到一桌的素菜，但綠意竟不盎然；也就是葉類蔬菜幾乎不大有。它有的，是牛蒡三小段，取其色褐，燴過後，澆上褐醬，上撒芝麻。再就是應時的菇類，菇頂還常切花。若取松茸，實也在於它的「一朵」之形，美感極佳，亦有「如意」那份吉祥意。再就是豆腐，常置熱鉢中，其下生火，取食它，還必須用鐵網撈子。臺灣家庭習見的莧菜、空心菜、小白菜、芥藍等日本不易見，此為他們物產不豐固然；若綠葉菜，總是一道菠菜。若白色蔬物，永遠蘿蔔蘿蔔蘿蔔。國人絲瓜炒了一盤，莿瓜（大黃瓜）再一盤，苦瓜再一盤，亦不感到寒傖，然日本人或因恪於嚴謹風格，絕不會同類菜、同色菜在一張桌子上呈現過多，並且思想上先天有尊貴之期，綠色葉菜說什麼不會滿佈檯面，以求隱隱規避田家窮鄉草莖之氣。又形式太板（如日替定食只是炸三角豆腐、蒟蒻、馬鈴薯、蘿蔔共滷成一盒而上，再加一小碟漬物，一小碟沙拉——高麗菜細絲，一碗尋常之極的味噌湯，這已成了他們很習慣的制式餐餚，豈不太板？）。故在京都待個六、七天以上

（我常待個十來天亦司空見慣），吃飯立有單調之問題。

亦不能常吃湯豆腐，不惟價貴，實也有單調並太故示隆重之沉悶。而你若不故示莊重沉穩，則吃湯豆腐會更沒意思。吃蕎麥麵，固然有趣，也常好吃，但偶吃比較好，比方說人在江南吃飯，常六菜、八菜一湯，其中不乏各種蔬菜作法，炒或涼拌，似這樣多菜雜陳的飯吃多了，偶思清簡，到店裡吃一碗蕎麥麵，那該會多好！天婦羅，日本做得極好（秋葵裹上麵衣去炸，內黏潤而外酥脆，絕妙發明！），並不油膩，然到底是油炸物，常吃亦不行。至若拉麵，更只能偶一爲之，如喝完酒走出小酒館想來一碗稀哩呼嚕的熱騰騰湯麵做爲返家前非如此不過癮之形同儀式，那時吃上一碗，也還適宜；但多半時候，拉麵，其肉末熬出的稠稠油汁，其大把施入之味精，其麵中摻入之蘇打，凡此等等，已算得上垃圾食物了。

生魚片與壽司，這說到重頭戲了，固然是我們臺灣人吃日本料理最本質也最感沉醉讚嘆的主題考慮，亦是日本食物征服全世界之最精絕法門，只是價格不低，亦不能餐餐吃。坐壽司吧吃生魚片與壽司，是人生至高享受。一味一味地細細品嘗、慢慢咀嚼；四、五種自己最喜的魚類吃完，再吃它另外五、六種魚類的壽司，如此吃完，世上最鮮之味已盡在口中，也已全在腹內，站起身來，摸摸肚子，滿足之極，便走出店外。臺北信義路、四維路口的「野」，便是這麼好吃的店；只是吃完，我與朋友先在路上走個一段，算是散步。散著散著，突然他說：「現在若再吃它一小碗麵不知會多好。」此念一生，則頓時呼喚出口中猶有未全的味覺亟需，再也按捺不住，遂驅車至延平北路三段六十號騎樓下的汕頭牛肉麵吃了一碗五十元的原味牛肉麵。雖只小小一碗，又是臺北眾家牛肉麵中最清淡少量者，然湯中的椒香氣、薑沖勁、微微的沙茶底蘊等皆融於一爐，此時吃在口裡，五味盡有，蕩漾齒縫舌喉，這一下，總算完全過癮了。何也？日本料理端是少了一個「全」字。它總是太單獨了。它要不是太偏清，要不就是太偏寂。風格恁森嚴，也只好如此了。

不少館子，書上常常提到，我也眞試了，但如何呢？

嵐山的竹乃家打著鯛魚料理招牌，弄得好像頗不易得、頗愼重，然而一嘗，不行。這是京都吃之常有窘狀。大原雲井茶屋的味噌鍋，書上亦推薦一吃，頗尋常。上賀茂神社東邊的愛染倉，義大利麵也只是普通。曼殊院門前的弁天茶屋，味亦平平。平安神宮東側的そば·阿國庵，說什麼手打的蕎麥麵，一嘗，味道一般。

故遊京都，基本上仍需專注於賞看，而不是吃。

然吃是人生至緊要之事，在京都如何吃好，顯然是大課題，十多年來我在此胡遊多次，竊想一逕不得京都吃之箇中三昧，嗟乎，門外漢也，終只能學得一招，野餐。

倘你樂意在公園中、野地上進食，也就是所謂「野餐」，那麼京都是全世界非常優秀的一處所在。

有時你在臺灣就準備好一小罐的希臘橄欖，綠的或黑的，一小罐的自家醃的梅子，一小瓶極優的橄欖油，一小袋松子或核桃仁，一小袋葡萄乾或蔓越莓乾，便這麼來到京都，你只需選取好的麵包（或全麥或法國棍形麵包），再買超市的青森縣蘋果，一、兩個番茄，加上一、兩盒yogurt，再將隨身的熱水瓶裝滿熱水，茶葉（或龍井或瓜片，或東方美人或高山茶，或根本只是日本當地的煎茶，如「雁ヶ音」）帶上，然後在加茂街道旁的賀茂川旁綠地（即出雲路橋北面與府立植物園南面）上野餐，空氣鮮新、視野開闊，川上流水淙淙，清澈之極，鶴飛魚游，何等暢快。

取出麵包，灑上幾滴橄欖油，將切片的熟透番茄鋪上，再鋪上幾顆橄欖，撒上一些松子，便吃了起來。

這樣的麵包，由於頗清淡，連吃個四五片亦不會撐。這時，不妨把預先準備好的大馬克杯取出，投茶葉，倒熱水。趁茶葉浸泡空檔，將蘋果削皮（世上最殺風景事，其非蘋果打蠟？），有時還切成小丁，放進yogurt裡，一起吃。然後，慢慢地啜著茶。

看官讀到這裡，或想：他這麼大張旗鼓地又帶削皮刀又帶熱水瓶又帶馬克杯，還各種食物一樣樣地背在身上，最後找定一處地點，上無頂棚下無鋪墊，坐下來吃，會不會太麻煩了點？我原本也不免如此想。後經實踐，終發現惟有這麼樣地不厭其煩備這備那的「野餐」，才得以完整獲取一頓最不周折、最不顛沛，且最完整的滿足之午飯。同時，它看似手續繁複，事實上，二十分鐘便吃完了；這一下，你竟有些捨不得了，乃你不想這麼快就離開這飯桌，你不想這麼匆匆地就放下這杯才泡好沒多久的茶，你不想才這麼一下就離開這好不容易才來抵的河邊。

甚而你想，倘有幾片cheese，再有一小瓶紅酒，我眞他媽的想再待上個把鐘頭，對此良辰美景淺酌一下。

不，切切不可。野餐便是野餐，須簡須少，萬不可再旁增繁褥花樣，以免傷壞了出遊的主題。

至若前說的「一頓最不周折、最不顛沛，且最完整的滿足之午飯」，乃指我人在京都東尋西覓要找一館子吃飯，常常不是輕鬆事；查書問人，不易定奪；倘有遊伴，常因甲要吃這乙要吃那，弄到不歡；這便是周折。有時連找了三、五家店，俱不確定能否進去，最後總算進了一店，吃得甚是辛苦（如座位拘窄，如繁文縟節，如吃得極不酣暢，甚至菜餚根本是浪得虛名，或者只不過是價格昂貴而你並不懂得品賞），這幾乎已算是顛沛了。有時你點飯類定食，卻希望有幾碟青綠小菜，然沒有。或你坐壽司吧，但總覺得還想來點什麼陸地上的（像，紅燒肉）、紅燒的、或豆瓣的（如蔥㸆鯽魚或紅燜茄子）、甚至湯湯水水的（如白菜滷或絲瓜湯），然沒有。這便是「完整而滿足」之困難。

說到上館子吃飯之不容易，卽自己生長的臺北，亦常有相同問題。有時接連吃了好幾天應酬的餐館，已經都膩了、怕了、吃傷了，卻今天晚上又有飯局；這時下午只好買了蘋果，帶上削皮刀，散步至植物園，先在參天樹下走過一兩圈，眼睛沾過翠綠了，心思也沉定些了，嘴裡也或有些味覺了，這才取出蘋果，在水龍頭下沖洗，再慢條斯理地把皮削了，拿到口裡一咬，哇，這總算是近幾日來最清爽、最好吃、最酸瞇瞇振你喉齦、最教人感激的一樣食物。所幸有它，前幾天吃館子之不快總算沖滌掉一些。這當兒，趁興致正高，索性跳上計程車，永康街三十一巷的冶堂，好好喝它幾杯茶，也好教人打起精神，以備晚上的吃飯。

遊京都因吃飯而致人備感辛苦，太多人皆有相似經驗。而大家皆自然而然隱忍了，殊不知這造成對京都另外的一些佳處產生不想深探之高度興致，或無力發揮想像的那股疲勞。

選備野餐的食物，除了以一己之微薄力企圖改觀坐店吃飯之單調不足外，亦是一種對京都之深度探掘也。百貨公司地下一樓之生魚片與壽司早已是大夥習慣採辦物，尤以四条河原町群集的那幾家（高島屋、阪急、大丸），買完便可就近在鴨川或高瀨川邊上臨川而食。單言壽司一項，自古已是野餐之至品（其實日本人自古便是野餐的民族），教人百吃不厭，亦且無遠弗屆。在此我更要說，倘你極嗜壽司，更應儘量在京都多覓良點野餐。又我前說的麵包橄欖番茄式野餐，其實僅占一半；另有一半，則吃的是壽司。

百貨公司外，超市亦進。日本觀光，這兩處必不可忽略，行家早有明訓。卽便利商店，除售yogurt與三角飯糰外，常售極佳的蘋果。

更有趣的是街上的各種小店。一澤帆布（東山區東大路古門前上ル西側）旁那家中井果實店，有時賣蒸熟的紫皮番薯，可連皮吃，甚好。

千本通上便有太多有趣小店，最令人驚嘆的是一家綿熊蒲鉾店（上京區千本通上立賣上ル花車町），他賣的是現炸甜不辣（魚漿去炸），比我們基隆廟口所製猶勝多倍，有時你被同伴們委以採買野餐之重任，事先悄悄買好綿熊的甜不辣，及至現場取出，大夥會爲之驚豔極矣。

野餐的好處，還不只如此；由於晚餐你原本會進店去吃或買百貨公司地下一樓的生魚壽司回旅館去吃，故白天之中能在戶外空曠處野餐豈不正是多些變化？

又野餐的時機，亦當隨時把握。譬似早上十點半，腹中已微微想吃了，又恰好左近有好地點，何不當下就吃？當它是「早午餐」（brunch）亦甚好，不是嗎？早早吃完，更可專注遊賞。另就是，往往下午常有機會進店喝咖啡（請詳〈在京都坐咖啡館〉一章），或是吃甜品（如鍵善良房的葛切或文の助茶屋的麻糬），那些極具代表性的老店，不進亦可惜時，實不宜因野餐才吃過而致失之交臂。

前說的那些尋店、選店、進店等等辛苦不易之外，野餐的眞正寶貴處，實在於離開平日那種一成不變的說進店就進店之照本宣科的麻木慣性，而竟自有了一種，感覺。

是的，感覺。當你東走西走，選定一處地點，坐下，開始吃飯，吃著吃著，或邊看著遠處的車輛、橋上的行人，或只是受拂著和風、自己想著事情，吃著吃著，忽的你竟有些天涯孤獨的冷落感，或一些零星的隨時迸出的感受，總之，它令你貼近自己的感覺，並且，是旅途方有的感覺。

京都，多少人一次又一次來到這裡，玩得皆很好，亦甚高興。然你仔細去察其出沒處、觀其行止，你仔細去聽他談說京都如何如何，你知道，有太多方面他完全沒感覺。

他忘了去感覺。他只想去獲得一絲照片上早已拍好的、定格的、人云亦云的、概念的京都。

當然，不能連著好幾頓飯都是吃 yogurt 吃蘋果吃麵包這麼清素或這麼冷這麼淡，所以也要間雜地吃一頓粗獷一點或豪情一點的豬排飯什麼的。有一家かつくら的連鎖店（三条近新京極），豬排炸得好，且它先上一空碗，碗底有密密刻痕，讓你自用木棒碾芝麻，成泥後，倒上它的特調醬油，便成待會豬排的蘸料。它的飯，摻有麥片。與高麗菜絲、味噌湯此三樣皆可無限「續杯」，此一德政，令學生十分喜歡。我圖便宜（最 basic 的，八百多圓），又想嘗嘗油炸時，也偶吃它。

蕎麥麵，我常吃三百多年老店晦庵河道屋（中京區麩屋町通三条上ル），就點一盤冷麵，便最有蕎麥之本味。晦庵河道屋的蕎麥麵比較粗，也比較有嚼勁。冷麵會附一壺熱的菜湯，供你在吃完麵、浸完汁後，注此壺湯於盛浸汁的小碗中，如此喝下。偶爾加點一碟生湯葉（新鮮腐皮），捲成五小捲，如此而已。這店的餐堂格局最有古時形樣，不管是脫鞋坐榻上，或是坐後廳桌椅，皆在迷人空間裡。

另有一處老店，高瀨舟（下京區西木屋町通四条下ル船頭町一八八），店內黑黑油油的，很像「盲劍客」座頭市混跡的江湖小店。我多半點一客天婦羅定食，價廉味亦不差。此店其實頗有歷史，昔時也曾風光過，今日似顯不甚提振，正好客人不多，而韻味猶古，我坐下簡簡吃一頓飯，也還宜。

祇園的十二段家（東山區花見小路通四条下ル），以茶泡飯聞名。亦是老店，至今仍很旺，即嚴冬中午，門未開，已有人排隊。它的「蒸籠飯」（外觀近於臺灣的油飯），有山椒、鰻魚同燴其中，亦甚受大家喜歡。

以上四家店，皆相距不遠。另外各區小巷中，隨時有家庭式歐巴桑做的咖哩飯，或所謂的「日替定食」，亦常嘗到不錯且價錢在七、八百圓之譜的。主要需先目測，好的食物，常常看它的店或它的人看得出來。

我吃最多，也最滿意的店，竟然是京都車站伊勢丹百貨十一樓的壽司清，它也是連鎖店，由東京開過來。它一天所賣的量極大，故魚質極新鮮，也連帶價格最實惠。若點當季的special，約有十樣生魚壽司（其中常含一條頗粗的生蟹腿）、一碗湯、與一碗鋪上生鮪魚切末的飯，不過一千七八百圓。我一換算臺幣，想，臺灣也不可能如此便宜，從此便吃上了。

確實京都的吃，必須自己設法搭配。再佳的館子，也仍需在吃它之外自己補吃些百貨公司或市場裡選買的食物；故而愈是深掘京都，愈可能把吃飯安頓得又好吃又皆左右逢源。但我知道，我還沒達到這境界，門外漢嘛。

再回頭說野餐地點。

加茂街道旁的綠地，固然是一等一的上選，但也必須不在烈日之下，也就是，夏天不宜。

由於我總是在深秋或冬天來到京都，多半沒有炎陽之苦，野餐常是最有趣的「選地點」活動。

嵐山、嵯峨野的大澤池（大覺寺旁）亦是極佳之野餐地。尤其是池北面的名古曾瀧跡旁的方亭，在此亭中，自據一桌，慢慢地吃。

說到亭子，京都府立植物園內「京の庭」中有一木亭，尺寸經典，亦是野餐佳點。宇治。宇治川北岸朝日燒窯藝資料館旁山田綠地小坡上的木亭。

哲學之道，不能說是極優的野餐點，乃太緊窄，然它左近吃店更乏，故散步者不妨就地野餐。

寺院與神社，一般不宜野餐，不敬也。但其週邊野曠處則不妨。上賀茂神社外緣，御手洗川與御物忌川兩條小溪合流的《小倉百人一首》所詠的另一條小溪「ならの小川」，臨此潺潺淺水，教人很想坐下一陣子，不忙著走了；甚至更想自背包裡取出飯糰，靜靜地對著溪水吃。老實說，在此種境地吃麵包喝礦泉水，未必遜於對著枯山水庭園吃湯豆腐。事實上，此溪北面的涉溪園，是賀茂曲水宴的開催之地。

圓山公園，原本就是標準的野餐地點。譬似二十世紀初，中國留日學生所描述的東京上野公園春季賞櫻時，無數的家庭就地鋪布，坐下取飯糰而吃、斟清酒而飲的那種野餐情境一般。

鴨川兩岸固然也是野餐好地。但看夏天時納涼床所面對之景即是鴨川可知，而登此「納涼床」非上萬日圓不辦。

然爲了尋幽探勝，總不能老守著鴨川打轉，倒是上游的高野川或許有些幽境，如旅館山ばな平八茶屋左近（叡山電鐵「寶ヶ池」站），不知會否有些好地方，或許哪天帶上食物，去那裡探探。

出雲路橋以北，賀茂川西岸的綠地。我最喜歡的野餐場地。

宜採跳躍法來遊

遊客如只待五、六天，嵐山需一日。東山需一日。祇園加上四条、烏丸與鴨川、御池通所夾之商業中心也需一日。西北角的金閣寺、龍安寺、仁和寺也需一日。奈良加上宇治或東福寺，至少也需一日。

但這些區域，皆不宜全天只專守一地也，應該採跳躍之法來遊。如金閣寺遊完，再返回市中心遊三条、寺町等商業區，看些三十年代建築；而不必緊接著遊龍安寺。或是遊完南禪寺，並不接著遊永觀堂，而是向西往岡崎看看現代化的博物館，如此間錯地來看，才不致有「每個寺院都近似」之感。

有經驗的旅人，更懂得將一天的景點打散來遊。

例一：一早乘ＪＲ山陰本線（假設你住京都車站附近）至嵐山，只玩天龍寺與寺北門大竹林，再向南，看渡月橋，在保津川畔閒步。將北面嵯峨野的常寂光寺、大澤池、嵯峨鳥居本等留待另一次。

大約不到中午，再乘京福電鐵這種小火車，至「御室」站，遊仁和寺（將東北面的龍安寺、等持院、金閣寺留待另一次），再自御室站乘車至底站「北野白梅町」，遊北野天滿宮，逛上七軒（與祇園齊名的舊花街），並在附近午餐。乘公車（一〇一，一〇二，二〇三等）沿今出川通向東至銀閣寺。遊完銀閣寺，走哲學之道向南，在黃昏時抵南禪寺。此時當已頗累，可回旅館洗澡並略事休息。晚餐後，再出來，逛三条通（烏丸通與鴨川之間）、白川（白川南通、新橋通左近）與四条通兩岸的花見小路。若有興致，鴨川西岸的先斗町通、木屋町通，可在此小酌一番。

例二：一早乘公車（一〇〇，二〇六）至清水寺（六點已開），走三年坂、二年坂，眺八坂の塔。慢走「ねねの道」（寧寧之道）與石塀小路。略遊圓山公園，西出四条通，在四条河原町買些壽司（高島屋等百貨公司的地下樓）或麵包，乘京阪鴨東線，北至出町柳，遊下鴨神社，漫步「糺ノ森」，再至西面的賀茂川邊，選空曠綠地野餐。再回出町柳，乘電車向南，至東福寺。遊畢，乘ＪＲ奈良線，至宇治，玩至天黑，返京都。

以上只是例子。總之要樂意東西南北廣跨幅員地來玩，比較能將京都的天然形勢了然於胸。也同時將京都太過精緻緊密的細節風景因乘車跨區之移動而得以釋放、隔開，以緩和其咀嚼之過程。更重要的是，各區雖顯近似卻細審實各有特色之風情，也惟有如此逛看，或可稍稍領略一斑。

奈良在京都南面五十分鐘車程，頗值一遊。一般是乘近鐵，抵奈良近鐵驛。東行，繞猿澤池，眺五重塔，自此算是進入奈良公園。

公園內信步走來，皆是好景。不論是林中的江戶三旅館、是二月堂的登高遠望、是正倉院的三角形巨木的古式倉庫建築，或是南大門這高聳入雲的山門與二門神之威嚴，極可徜徉。

甚至周邊的「大和路」多條步道，更是京都精麗豐繁目不暇給太過後的我人後院，不論是柳生、山之邊之道、飛鳥，或是吉野。

倒是奈良町，遊過京都幾處老區後，此區便顯得不甚精彩矣。

若我建議，你每次的五、七日之遊，寺院最好不超過七、八個。若你是第一次去，不宜錯過的是：南禪寺、銀閣寺、大德寺、金閣寺、龍安寺、天龍寺。或許再加上奈良的法隆寺、唐招提寺。

石塀小路。曲曲折折一條不滿百公尺的小巷，卻教我說什麼也不願很快將之走完。

若你是第十次去，太多的寺院皆去過了，你可能隨興地進一下高台寺（倘在東山）。至若在哲學之道，可能進一下法然院。若在嵐山，可能進一下常寂光寺。若在衣笠，可能進一下等持院。若在宇治，可能進一下平等院。

要之，應當如同京都市民一樣，每次只專心去一所在，好好咀嚼，而不是匆匆將幾十處地景趕完，以圖日後有「我去過了」憑藉。

犬矢來。竹藝發達的社會自然發展出的防護圍籬。即使今日不究其實用性，美感亦是絕佳的。

小景

在京都最過癮者，是那些無所不在的小景。如深巷的明滅燈火，映照在灑了水的光潔石砌小路上。

這些小景還包含小道具，如他們對竹子的精巧利用，竹藝散佈在各處生活中；筷子、籠子、花器、簾子、屏風、犬矢來，與木頭相間錯地做成凳子、欄杆、籬笆、扶手、窗條、門框等等，太多太多。由竹子工藝便看出日本人的生活隨處皆是美感，皆是腳踏實地地在——過日子。

京都的包裝。食物的擺設，以及甘味之陳設，甚至包裝成禮物的巧形，令人佩服。用竹葉包東西，包成蚱蜢之形。

便是要觀看這些隨處皆有驚喜的小景小物，方可略悉京都人生活的神髓。然而稍悉之後，便要跳出；否則便開始進入京都人繁文縟節的那一階段，成爲門內漢所關注的一套，而做不成了門外漢。這於風土民情之深入固有幫助，卻於飄逸的賞玩與清寂的品味便導致了干擾。

而「飄逸的賞玩與清寂的品味」原是我遊京都的目的。故我從來不曾在任何人形店前佇足，從不參觀友禪染，從不細細審看西陣織，從不跟著人去看藝伎變身，亦不想去各處參加「體驗」。清水寺前賣清水燒之店恁多，我亦很想隨手挑一二碗碟，然一注眼，幾個鐘頭皆耗下去了，卻所見仍全是俗物，唉，何必呢？根本應該隨意掃目，只五分鐘，若有佳件便有，沒有，便五個鐘頭也不會有。

故京都之遊覽，我總算掌握到要訣，便是切不可埋首低徊於某樣細膩事物。卽使觀看櫥窗，也不可爲一二佳美物品凝神。見鳩居堂，只能看一眼和紙，便走。又見彩雲堂，再瞟一眼美術用品，又走。到了分銅屋前，也只瞄一下足袋，不停留。經過柚味噌・八百三，也只看一眼，繼續走。

日本人的鞋子

看一眼日本的鞋店——任何商鋪，或小百貨公司的鞋架——便深刻看到了日本人對於裝扮之某種自然而然的「制約」。也就是，他們的鞋子太保守太規矩了。譬似站在鞋群前準備買鞋之人是旁邊陪著他的工作主管，要盯著他買制服一般地選購鞋子。

這些鞋子，皮鞋或家居簡易皮鞋，尤其是女鞋，十分的退縮、十分的不求有個性。不僅是中年歐巴桑所穿而已。

事實上，穿在眞人腳上的鞋子，不乏極有風格之例，但鞋店的架上，抱歉，委實呈現一種保守的壓抑氣息，每個鞋店皆然。

港屋
Cafe

在京都坐咖啡館

常常與一些見聞廣博、學養不俗的中年人聊天（其中不乏自學校退休的教育家或半生相夫教子的家庭主婦）喝茶。東聊西聊，便聊到了京都。我總問，京都怎麼玩你們覺得最喜歡？

他們會說：「我想去一個地方玩，卻是坐下來的時光多，行走的時候少，有沒有這樣的好地方？——可不可以只是以這些佳美寺院肅靜神社做爲我身背的屏風，以這些春天的櫻花秋天的紅葉做爲我無盡的想像，而我人不用再一座座地名刹進（事實上我也都去過了），一處處地庭園賞，只是淡淡地點綴一下，卻花較多的時光坐著，放鬆腰腿，品嘗咖啡，休養身心，談天說地，而它的古都、它的美、它的幽清潔淨，我全沾染享受擁有了。」

有這樣想法的人頗多。我便說：「你們眞該到京都喝咖啡。」

京都的咖啡館，可謂三步一家、五步一店，多得不可勝數。有時巷弄一轉角，便一家；小橋邊，又一家。或許此地自古已極度市井化，人並不像鄉村式的每天在家自烹自食，很習於隨時在外間街巷里弄歇歇坐坐，喝點什麼、吃點什麼。至少這例子言於藝伎，便最通適。而領導享樂時尚的，在世界各地（如上海），也常是藝伎。

京都景致，如龍安寺的枯山水，大澤池的寒鴉，下鴨神社的森林，處處院牆上一絲不苟的松樹如刺針頂等等，太清素了，竟教人有一襲說不出的淒冷幽寂，又京都時時青山在目，處處綠水淙淙，它是氧氣過度鮮新、植物過度翠綠的一塊良所，卻又有一些太不近人間煙火了；偶爾你不免也想稍稍背離這些淨之至清的綠意一陣子，追求一些褐黃色調的頹唐感，這時候，人想到了咖啡館。

金黃光暈咖啡館，如同小型的燈塔，溫暖了旅人的心。

而咖啡館，又是跨國界的地標，任何人不畏進入。不同於餐館，不諳日本菜的外地客，進餐館常感猶豫。而咖啡館，於任何人皆感熟悉。至若咖啡這樣東西，早已是國際語言，如音樂，人人說得出對它的感受。

君不見那些深閱指南、背著背包的西洋青年男女，適才在寺院中抬頭細審各景點的精妙細節，全神貫注備極嚴肅，像是此行最緊要大事，美則美矣，感受亦甚豐足，然而臉上並不見得流露怡悅之容，直到這當兒走進咖啡館，見到了桌椅人聲，嗅到了熟悉的熱情香味，一邊卸下背包，他的臉，這時才綻開了笑容。咖啡館這西洋風韻場景讓他有家的感覺。

以下是京都我認爲最有特色的幾家咖啡館，並同它們周邊值得遊賞的景點，相提並敍，省筆墨也。

四条河原町

老字號大小咖啡館最密集之地，自是四条河原町。且從這裡談起。

フランソア喫茶室（François）位於四条南面的西木屋町通。稍南幾步有天婦羅老店高瀨舟及千枚漬老字號大小村上重本店。此咖啡館開於一九三四年，屋頂呈拱形，窗爲尖頂，有教堂風格，放古典音樂，牆上掛印象派畫。咖啡一杯五五〇圓，價不低，然味至佳也。

六曜社（河原町通三条下ル東側）一九四八年創業，有一樓及地下室兩店。丸善書店逛累了，內藤掃帚店也看了，三条大橋也來回走過了，或是鴨川散步後微有秋涼意，不妨坐此喝杯咖啡。

此區老店甚多，尚有築地、喫茶Soirée、みゅーず（Muse）等，皆值一去。

東山

指南書最常謂的：如京都只待一天，最該遊的是洛東。由青蓮院到清水寺這一段。其中包含知恩院、圓山公園、高台寺、八坂の塔、二年坂、三年坂等經典景點。這裡隱藏著一家小咖啡店，叫石塀喫茶，座落於高台寺西面的石塀小路裡，十年前，它的桌椅是六十年代風格，前兩年換成新家具，甚可惜。那時常見鄰近老太太來此小坐，自舊式皮包中慢條斯理取出香菸，抽一根，淺啜面前的咖啡，喝完抽完，起身離去，不久待，多好的一處小社區。後來與老闆娘聊起，才知那些老太太是昔日的藝伎。

我若不喝咖啡，便吃鍵善良房（東山區下河原通高台寺表門前上ル）的葛切。或吃文の助茶屋（八坂の塔東）的甜食。

南禪寺、平安神宮

南禪寺之清寂，水路閣之冷冽，都飯店（Miyako Hotel）的大廳與佳水園等皆遊過了，向西過了無鄰庵，過了有鄰館，沿著仁王門通，來到和蘭

石塀喫茶店。幾乎像是秘密般的藏在小巷深處，當你發現它，滿是驚喜，怎麼不進去呢？

豆（Ranzu，岡崎圓勝寺町二三一四），一家十分溫暖的小咖啡館。老闆夫婦儀態和善，甚得客人喜歡。二十六年前，「披頭四」的約翰．藍儂偕妻小野洋子曾在此店小坐。他們許是悄悄出遊，輕裝低調，沒有驚動媒體，喝完一杯東西就走。只有老闆石橋先生注意到他們。

吉田山、銀閣寺、哲學之道

我每次只遊哲學之道小段，法然院附近的那一段，遊完，向西跨過鹿ヶ谷通、白川通，而到神樂岡通，再走一段上山坡道，登上吉田山頂，到茂庵喝一杯咖啡。這是全京都最特別的一家店，八十年前的木造老樓，原是茶人茂庵先生與客人、弟子在近處林子裡茶室喝完抹茶後一同進餐的食堂。木樓荒敗多時，三年前整理後開成今日的茂庵。在此可眺望東面的大文字山與近處人家，頗得極目澄懷之樂。

喝完，若有興致再遊，可向南，經吉田山莊旅館至眞如堂與金戒光明寺這兩處景色不錯卻毫無遊人的名勝。

金閣寺

珈琲工房（西大路通金閣寺道公車站前）是金閣寺周邊最佳咖啡店，不惟自家焙煎豆子，也實是此區已有郊外冷清風意，卻珈琲工房的暖烘烘室內教人不捨得離開。

嵐山

由金閣寺、龍安寺附近到嵐山，最好是乘京福電鐵這種只有一節的小火車，像是鄉趣十足地慢吞吞經過一處處柵欄降下的平交道口。

嵐山風景極佳，不必細表。咖啡店則Yamamoto（天龍寺瀨戶川町九）也。豆子亦是自家焙煎。店主山本健司也是出色的攝影家。

下鴨神社、出町柳

出町柳的站外，有不少好咖啡店，如播放古典音樂、由來自臺灣的陳氏所開的柳月堂（左京區田中下柳町五－一）與幾步路之遙的Lush Life（田中下柳町二〇）。另有一店，在它們旁邊，氣氛隨興，咖啡卻極好，幾乎是京都數一數二口味叫カミ家，座上客人絡繹不絕，也有不少是大學生。

上七軒

每月二十五日，北野天滿宮有大型跳蚤市場，古物頗多，甚至幾百年前幕府時代的火槍，那種槍托上還鏤著日本式金花的，亦偶見。老的和服、手袋、陶瓷、漆器、家具、老風景post card等等，滿坑滿谷。

通常一大早，七點，我先到千本今出川的靜香喝一杯咖啡，吃一客蛋三明治，然後才去逛。

靜香（今出川通千本西入ル南側），一九三七年開的老咖啡店，由在先斗町工作、叫「靜香」的藝伎所開設，位於西陣之旁，但據說她只開一年就將店舖轉讓了。而後，現任店主宮本女士的父親因喜愛上七軒地區而接手經營。宮本和美女士自小就在店內看著父親工作，而她引以自傲的咖啡豆烘焙技巧及特調混合豆的配法則是由也長期在店內陪伴幫助父親經營的母親親自傳授。時光荏苒，宮本和美如今也是老太太了。桌椅是那種西洋形制卻有日本修邊之精巧風情者。小木桌以紅漆爲面，上覆玻璃板，板下夾一片紅葉。店後小院，有噴泉，舊日閒情也。此地稱上七軒，古花街也，由於光顧上七軒的都是西陣的大戶，此地遂成爲流行文化的前導區。

在昭和十幾年的年代，一碗清湯烏龍麵要價三十圓，而靜香的咖啡一杯就要六十圓，由此可見當時喝咖啡是昂貴的高級嗜好。

古物堆中埋首一陣子，累了，想再歇一回、再飲一杯咖啡，則ひだまり（Hidamari，六軒町五条通西入ル溝前町一〇〇－九九），這是一家客人坐在榻榻米上、町家式的咖啡店，古意盎然。此區既是昔年如祇園一樣的藝伎出沒之區，咖啡店正適合開成這樣子。

若想吃零食，綿熊蒲鉾店（作者新案，已歇業）的甜不辣全京都最好（日人指南書所稱善的在錦市場之丸常蒲鉾店與它沒得比）。冷吃或熱吃皆好。若它剛炸出來，最內行的吃法是，先付錢買定原味四個、牛蒡二個、蘿蔔二個、番薯二個，如此之類，請老闆娘擱在油鍋鐵網上晾個七、八分

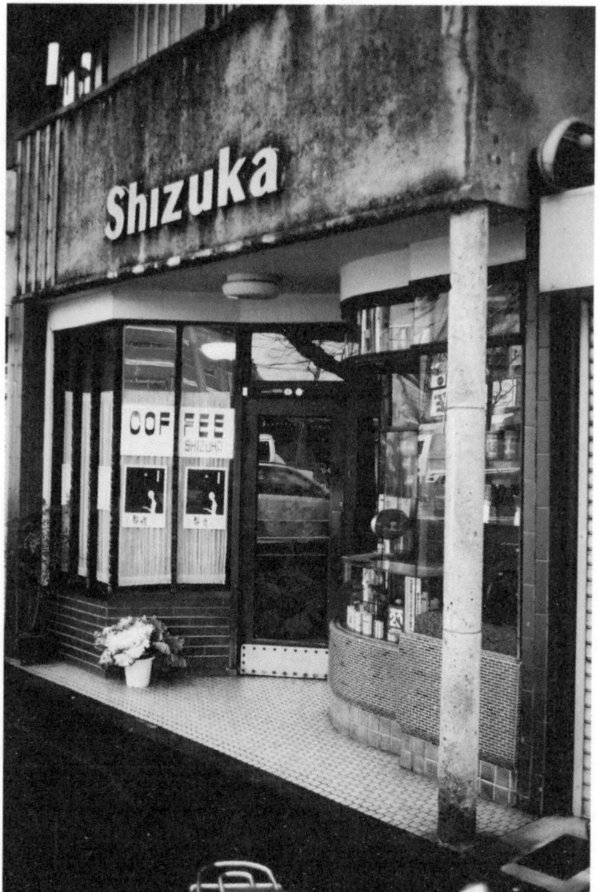

靜香咖啡館。在京都如只進一家咖啡店，不妨是這裡。

鐘，你這時先去北面幾步路遠的紫式部供養塔張望一下，再回來取瀝過油的蒲鉾。

三条

阿蘭陀館（中京區三条高倉，京都文化博物館內）。最古意盎然的西洋建築，古典的義大利製桌椅，德國Meissen座鐘，英國Wedgewood及Aynsley杯盤，加上兩位老紳士爲您煮咖啡。

前田咖啡明倫店座落於昔日的明倫小學，如今改爲京都藝術中心內。亦是西洋磚造老建築。

對面二〇〇六或二〇〇七年開了一家Via Inn Hotel，頗舒服安靜的一家小巧商務旅館，是我個人近年最愛它的地段便利、空氣清新窗戶可開、設計樸素卻各物齊備（竟有增濕氣humidifier）的佳良下榻處也。

Inoda是「大咖啡館」（Grand Cafe）之格局。亦是老店。座上客人，常多老紳士，當他們要往外上洗手間或什麼的，僕歐（Boy）會替他們開門，一如老年代。打扮入時的婦女亦多，乃此地是京都最時髦的shopping區，尤以近年三条這條街愈來愈trendy，它原本就極負盛名的西洋建築如今被改裝成店家或博物館，特受各階層人士喜歡。看Inoda的庭院、它的廊道、它的吸菸區、非吸菸區之各成天地，來往的客群，它的杯盤器皿，甚至它的廁所，你便知道咖啡館在京都可以是大企業，而坐咖啡館，在京都，可以是一樁必要的事情。

整個城市是一大公園

京都，整個城市是一個大公園，你不急著找出口。

有不少人很愛遊公園，我大約也算其一。像我去倫敦，總愛逛逛海德公園、肯星頓花園（Kensington Gardens）；去慕尼黑，總愛逛逛英格蘭花園；去巴黎，總不忘去佛日廣場（Place des Vosges）、去植物園（Jardin des Plantes）、去盧森堡公園（Jardin du Luxembourg）；去三藩市，總不忘去金門公園；去紐約，總不忘去中央公園；甚至去東京，也趁勢順便穿過日比谷公園。但我去京都，卻不怎麼想到圓山公園這個其實很有歷史也很有佳景的日本元老公園，爲什麼？因爲整個京都本身便是一個走之不盡、看之不厭的大公園。

別的公園，即使它極巨大，也多的是參天古樹、奇花異草、欄杆、池塘、小橋、假山、石頭、花房、球場等。而京都，它的古樹也照樣多，好花也照樣四時奔放，池塘、橋樑、小山、石頭、欄杆、泥牆也照樣多，並且還不止此，它還有房舍；這房舍點綴於山谷樹草之間，並不干擾遊人徜徉。還有馬路；這馬路也如步道，你可一條一條地細賞慢探。還有人群；這人群穿戴標緻，你來我往，皆成移動的風景。還有車輛；這車輛，你可登上，帶著你去到幾站外的另一處好地方，你接著往下玩。

別的公園，你不會停留太久，至少入夜時你多半會離去。京都這個大公園，你根本晚上就住在裡頭，一住好幾天。

須知人去公園，爲了一襲寧靜的遊走與養息，而不是過多的交接與攝取。故而樹林、小徑、石山、水池、亭子等最宜置於其間，乃你只泛泛看過、慢慢走經便已是最佳良飽滿的消受。我謂京都整個城市是一大公園，而不說紐約是一大公園，便在於紐約太多的摩天大樓將你陷在深谷中，太多的路人或地鐵上乘客流露散發出的聲息教你不得不注意身旁發生了什麼事，太多的喳喳呼呼的五光十色，一言以蔽之，太多的動態。而京都不是，京都總是靜態的，你可以靜靜地淸淸地淡淡地經過任何地方，像經過無數個公園中的樹林、土徑、小橋、池塘那麼樣地不打擾到一絲生靈。

這也是京都人的各安其位各司其職予遊客最大的恩惠。他做他的果子、醃他的漬物、剪裁他的吳服、削切他的竹器、油炸他的天婦羅、捏他的壽司、修剪他的樹花、灑潑他庭院門階的清水、駕駛他的巴士、在路口發放他的廣告面紙，就如鷺鷥在川上覓食與松針自樹上落下是一樣的公園景色，靜態也。

又京都你哪兒皆能去，且何時皆能去。乃它是靜態的，它不襲擊你就像樹木花草池塘流水不襲擊你一般。它沒有安全危險的問題。

你想進寺院看經藏、方丈、庭園或茶室，很宜；你想只經過山門，張望外牆，也很宜。你想進商店選買貨品，很宜；你想瞄一眼櫥窗，只求略知門面設計，也很宜。你看著龍安寺的枯山水，看著青蓮院的山門，看著不審庵的外牆，看著東本願寺的超型巨大屋頂，全可以像盯著公園裡或任何自然界山川萬物般地凝視賞嘆，而它始終靜悄悄、篤定定地擱放在那廂。

平常的公園中有許多步道，你可任選一條去走，去尋幽探勝，去運動腳力，甚至去沉思冥想。而在京都，亦充滿著走不完又走不膩的步道，便是那些早存在著千百年的小街小路，像清水寺旁的二年坂、三年坂，像寧寧之道，像石塀小路，像哲學之道，像花見小路，像白川南通。

便不說風景名街，只說尋常人家街道，像二条通與四条通所夾、東邊的河原町通與西邊的烏丸通，四界之內的橫豎幾十條街，便已教人邊走邊嘆、目不暇給了。

平常公園有些熱狗攤、冰淇淋車、咖啡座，供遊客進一些點心，解解口渴也解解嘴饞。京都這個大公園更精彩了，你若餓了，想吃一碗蕎麥麵，則「本家尾張屋」（車屋町通近押小路通）或「晦庵河道屋」（麩屋町通近姉小路通）。想站著吃或邊走邊吃一尾烤鰻魚，則「尾關」（作庵町五三八，近千本通），若想吃一鍋「鰻雜炊」（谷崎潤一郎最愛的食物），則「Warajiya」（近七条通，西門町五五五）。若想吃便當，則三友居（北白川久保田町二二－一）的竹籠便當，或魚常（竹屋町通室町東入ル）的行樂便當，或井政（七条通御前西入）的茶福箱，或木乃婦（新町通佛光寺下ル岩戸山町四一六）的洛中行樂便當。

若想吃糕餅，則神馬堂（上賀茂御薗口町四）的「癸餅」，或水田玉雲堂（鞍馬口上御靈前町三九四）的「唐版」，或杉杉堂（鞍馬本町二四二）的山椒餅，或澤屋（北野天滿宮前西入ル南側）的粟餅，大黑屋（寺町通今出川上ル四丁目）的「鐮餅」，滿月（鞠小路通今出川上ル）的「阿闍梨餅」，中村軒（桂淺原町六一）的麥代餅，二条若狹屋（二条通小川東入ル）的家喜芋，音羽屋（泉湧寺門前町二六－四）的赤飯萬壽，松屋常盤（堺町丸太町下ル）的味噌松風，龜屋良永（寺町通御池角）的御池煎餅，龜屋清永（東山區石段下下ル）的清淨歡喜團。

若想吃糖果，則豆政（夷川通柳馬場西入ル六－二六四）的夷川五色豆，綠壽庵清水（吉田泉殿町三八－二）的金平糖，御倉屋（紫竹北大門町七八）的「旅奴」，老松（北野上七軒）的御所車，植村義次（丸太通烏丸西入ル）的春日乃豆。這些吃食，太多太多，還不提餐館料亭呢。

而此等供應，益發顯示了京都已像極了大觀園，人流連其中，左右逢源，一輩子待著便哪兒也不去，亦稱足矣。

京都的晚上

由於日本治安太好，故京都的夜晚也往往不宜放過，頗值得秉燭一遊。

尤其是酒酣後走出小店，最宜先散步一陣，新橋通、白川南通、花見小路一帶原本是風景秀美地，近處又多買醉之所，在此散步本就很宜。

爲了享受夜景，常在出發前便選擇靠近陰曆十五的日子，爲了多得皎潔月光也。記得十多年前的一個晚上，抵達京都，竟逢上中秋夜，銀光灑罩下，大德寺旁碎石子地我沙沙走著，來到一處青年旅舍，這種天成情景，太是教人難忘了。即使是中秋節這種我們中國人心中的大節日，京都依然幽清如常。

這種自月光下見得之京都，頗有小時看日本古裝片的情味，如何捨得在幾天匆匆的觀光下隨手就放過呢？

最佳的夜，在夏天。鴨川兩岸，三条四条所夾，此一大片區域，充滿了活動。賣唱者也各顯其能，來自東京的，來自九州的；唱rock and roll的，唱blues的。料理店的納涼床上，坐著飲宴的客人，夜深猶不想離去。從三条大橋走過來，再從四条大橋走過去，一晚上不知道走了多少次。這樣的年輕人太多太多。

也有坐定不走的。他們買了啤酒，坐在川邊喝。若是京都大學的學生，或許選擇鴨川較上游的位置遊憩，如京都御所東面、荒神橋附近。

很奇怪，夏夜總是與水有關。嵐山的桂川兩岸，亦多坐遊人，聊天，乘涼，彈吉他唱歌。

日記遊蹤舉隅

一九九四年

九月二十日。

由關西空港乘ＪＲ火車至京都，一八〇〇圓。先至天王寺，再至大阪，再轉乘，至京都。

乘烏丸地下鐵，至北大路，費二一〇圓。

再乘TAXI至大德寺旁的youth hostel，費八五〇圓。放下行李，已是深夜十二時，遂外出散步，越過遠遠寺牆及一棵棵松樹看中秋之月，甚美甚寂靜。吃一碗拉麵，五五〇圓，返住處下榻。

這是日式木造二層樓老屋，座落於寺院牆底深處，極幽清，百年前不知何等人可築雅屋於此。房東夫婦，老先生與老太太，英文皆頗好，令人窩心。屋前一株枇杷樹，人臨二樓窗臺，伸手可觸。處處可嗅得蚊香之氣味，金鳥牌。

＊＊＊

九月二十一日。

銀閣寺之佳勝處，在於青苔。多種紅檜（或杉）、松樹、竹叢等。樹所寄根之地，皆覆以如絨之青苔般細草，呈現出除了綠以外的蒼黃，或另色之多層眼界。

哲學之道，的是一條清幽步道，許多房子也頗有可欣賞處。小商店開了不少，有一家Omen，據說略有名氣，但沒找到。

南禪寺左近，景致開始宏闊，山門與殿房又高又大，配以旁側庭院寬遠，令人心曠神怡。附近有些院、庭有賣湯豆腐，人跪坐榻上，就著矮几，看著小橋流水，慢慢進食，多麼適意。

看來，日本人喜歡用碎石子鋪路，許多小路皆明明可以做成平的路，如用柏油或什麼的，但他們仍鋪成碎石，想必是古風，亦爲了步感。確實踩在上面頗有一種走在卑微家宅左近的溫馨貼適的情感。第一夜抵youth hostel時，自計程車步下，第一腳踩的便是沙沙的小石子聲，同時想到夜已極深，不敢大步拖掃石子造成喧囂，更是步步爲營、很戒慎的樣子。哲學之道亦是鋪著碎石子，這麼長的一條路，要讓人這樣子踏著走，自然是很富意念的。

東寺的市集（每月二十一日的那巨大市集），有人擺食攤，搭著棚子，棚子下有一種坐板，其實像個小榻，人可以斜著身子坐下，或吃麵或喝茶什麼的。後來在銀閣寺前、在圓山公園等好幾處地方皆見到，許多吃食店門前便擺著這麼一張長方形榻凳，還鋪著一塊紅布，眞是很令人印象頓時深了起來。想來這必是古意，一種老風範吧。

東寺中的舊貨攤裡，有一些舊postcard，也有一本老剪貼本，貼了很多五、六十年前的商標條子，一入目，其中有些彰化什麼的，再細細翻看，尚有嘉義的、臺北的、臺南的，頗多頗繁，整整一本，莫不有上百張，顯然是當年日人據臺時的商工成果。一問價錢，兩萬日圓。嫌它貴，放了下來。晚上回想，其實也不貴（回臺後與收藏古玩的朋友聊起，他們謂，這若拿回臺灣，兩萬臺幣也不止）。

今年為京都建城一千二百年紀念，東京影展特別移至京都來辦，臺灣亦有團參賽，楊德昌《獨立時代》一片亦在其中，組了參展團，過兩天會

一見形制典雅的木造屋舍，不免佇足凝視。

與我在京都碰面，家住京都的日本導演林海象亦將自東京趕來相晤，余爲彥亦在，屆時又有好一番熱鬧。

＊＊＊

九月二十四日。

奈良元興寺中所抄。

半空湧出兩浮屠　更有伽藍俯九衢
十二帝陵低不見　黑風白雨滿南都

藤井竹外　作
江戶

誰識伽藍昔日隆　門屏久廢混街中
遠近先望元興寺　五重飛塔聳晴空

二條澹齋　作

江戶

結廬在人境　而無車馬喧
問君何能爾　心遠地自偏
採菊東籬下　悠然見南山

寺西乾山　筆

山氣日夕佳　飛鳥相與還
此中有真意　欲辯已忘言

書於龍安精舍凌虛室中
昭和甲戌之夏五月也（九年）
乾山時季七十又五

此寺頗殘破，在殘破寺中抄下這些舊日人士題的詩句，很奇特的感覺。又這些漢詩，恰好與奈良、京都之諸多古風景意極合也。日本寺院並不興漢字楹聯，稍嫌惋惜；然今日抄得題壁詩，亦得韻致也。

後二首，抄了幾句，便覺眼熟，繼一想，原來是陶淵明的《飲酒》中一首。乾山，不知何許人，昭和甲戌，西曆一九三四年，猶是戰前。

恰好今年一九九四，亦甲戌也，其間整整相隔一甲子。

＊＊＊

二〇〇三年

九月三十日。

嵐山。多店本日未開，吃早餐、午餐俱頗費周章，周二實非遊嵐山之日。

天龍寺，曹源池及池後山石，甚佳，爲夢窗疏石國師所造之庭園。「書院」通往「多寶殿」之長廊亦佳。「百花苑」樹木廣植，且巨高參天，又得疏朗之致，爲金閣、銀閣二寺後山樹木緊密所不及也。出北門，向西行，兩旁爲竹林圍起，竹極修長，約當六、七樓高，嘆爲觀止。不遠，抵分叉路口，亦是佳景，西北一徑通山上，是爲「大河內山莊」，乃演員大河內傳次郎（一八九八－一九六二，默片時期演出伊藤大輔所導之《丹下左膳》成名。四十年代中演出黑澤明所導《踏虎尾之人》更是其傑作）於一九三一年開始購產建園，以三十年歲月建成如此。

山莊內青苔養得極好。登高，能眺嵐峽。再行一段，有一亭「香月」，可眺比叡山。

離山莊，北行，沿小倉池東岸走，至「暮靄莊」，仍未開。再北行，於常寂光寺與落柿舍門牆外稍張望，不忙進入，繼續尋吃飯處。東行，見「竹乃家」，亦未開，向南穿嵯峨兒童公園，東行至南北向大街，終吃了一家有「親子丼」及麵條的小店，甚好，叫Tajima麵館，亦廉宜。

西向，回原路，北走，二尊院門前，在「定家」竹の店，買帶竹皮的筷子一把（十雙），六百圓，此店建築甚老，有氣派。

由此向北，店家及民宅安靜，亦入目舒服，茶店或甜食店皆素雅有氣質，是與人聊天並略歇腳的好處所，亦是自己一人閱地圖寫筆記的佳好場地。例如「仙翁」左近等店。「人形の博物館」的門面及牆內庭院皆頗可看。

「壽樂庵」是村家小店，湯豆腐只八百圓，便宜之極，此庵已頹敗，原先（如八十年前）想是郊外別業式的雅士草堂，木工頗有味道，幾有倜小詩仙堂之意趣。如今一中年婦女領著一幫忙女學生在照料生意，你在蕭瑟的深秋獨坐又獨酌，看著她們二人，揣想此近似母女二人相依為命畫面，略有冷清意。午後在這樣破舊小店歇歇腳，亦是偶得之清樂也。

繼向西北登上，直抵鳥居本，一路皆是茅葺厚積屋頂的村屋成排。其實應乘七十二路公車在清瀧川方面下車，由北向南玩，下坡走來，當更輕鬆。

＊＊＊

十月一日。

起大早，公車猶未發班，先自旅店El Inn乘計程車至五条坂與淸水道交會處，亦卽三年坂街角有「唐辛子七味家」店之地，開始步行。北向，旣走二年坂，也在橫向小街中繞行觀看，頗多驚喜。幾無遊人，而店門深鎖，最是可細審門窗精美典麗時機，非尋常遊客穿梭、店面貨品滿目時之淩亂可比。

石塀小路須得緩緩細看，「田舍亭」旅館亦在其間。

經「長樂館」，由圓山公園的東南角（卽「紅葉庵」近處）入園，再自知恩院大門前出，匆匆趕回El Inn，退房，趕至不明門通的某家小旅館置放行李。此傳統旅館共有六間房，甚佳。我住「嵐山」，單人房，六帖半。旁爲「金閣」，亦六帖半。餘爲「鞍馬」、「貴船」、「平安」、「圓

大河內山莊內高處的眺望亭，香月。

山」四房，稍大，爲雙人房。

下午自岡崎公園東南角開始東行，經瓢亭、無鄰庵、跨「南禪寺橋」，經「八千代」、「菊水」、「順正」、「奥丹」，至南禪寺山門，稍看，便北上「哲學之道」。法然院已關，谷崎潤一郎墓未看到。銀閣寺門前也逛看，便在白川通與今出川通乘公車返回。夜晚問房東附近有好吃拉麵否？房東親自引我們至「第一旭」（鹽小路通高倉下ルバス停前）吃拉麵，不錯。途中指一幢剛落成大樓，謂：「臺灣人若要在京都置產，此處的房子還算不貴（不記得他說是兩千萬臺幣還是多少），倒是可以考慮。」

不知有人動過此念頭否：臺灣應有人來此買房，每年秋冬住下，在家中做菜置酒招待遊京都的臺灣朋友。如我朋友鄭在東一家，便最適合。遊人自住各自早訂的旅館，白天四處賞看風景，看山看水，逛街看有趣事物，晚上則帶來綿熊蒲鉾店的天婦羅或某店的漬物或甘味，到鄭府吃飯喝酒，聊些京都的季節生活或山水享樂。

不少家境尚可的老人，便已極適在此終老林泉的生活，但京都他們一次又一次地來嗎？

＊＊＊

十月二日。

一早，乘九路公車至上賀茂御薗橋，先在モガンボ（卽Mogambo，克拉克．蓋博演的《紅塵》，地址：大宮北椿原町四三）吃早飯，卽咖啡加一片土司，甚不錯，每杯配一顆半方糖，放在湯匙上端來。老闆爲一老先生，事情做得很仔細，店中全是老先生老太太，每人一進來，先至櫃檯取老花眼鏡，坐下看報，洵社區小店之美俗也。

看上賀茂神社，世界文化遺產也。沿著山坡，古木參天，地面青苔成韻，深有園林之趣也。

涉溪園爲賀茂曲水宴開催の地。

旁邊小溪，水流甚急，空氣甚鮮青。此小溪或便是明神川之上游？

沿明神川東行，沿路有大片「社家」群落，門飾牆作，頗有可觀。進「西村家別邸」，門票五百圓，不值也。反是上賀茂小學校牆外的人家頗值一看，有一家還栽有獼猴桃（即移植紐西蘭後稱「奇異果」者），倒教人覺得驚奇。許多家牆內，柿子結成累累。在此間閒走，竟發現明神川東折西彎，竟進到了人家地底下，成爲暗溝了。往北，在「愛染倉」吃義大利麵，庭園廣大，屋宇壯觀，儼然如飛驒高山的村家巨樑構造。若不吃愛染倉，我會去「末廣」吃蕎麥麵。再走不遠，有「岡本口公園」，社區小公園也，卻形制頗工整，兒童玩具亦設計得有品味。

取植物園北門通南行，附近有稻田，近北山通，頗有些精美小店，在

沿著社家而流穿的明神川。

Trial and Error買了三個印有他們logo設計的BIC小型打火機（日本，處處喜歡設計），準備回臺送人。

步行至「京都府立植物園」，樹木繁密，眞是不錯，尤以「京の庭」旁的木亭，其凳子的尺寸完全經典，怎捨得不稍坐呢？在「中央休憩所」看「大芝生地」（大草坪）上躺著的大人小孩，心想：我國人猶無此文明也！

「不審庵」，甚有幽靜氣質的一片所在，木牆小門，而門深閉，門旁有小亭，如同進茶室前的等候處，而那些緊閉的一扇扇原木色小門，則像是通往好幾處不同之茶室。這樣一個肅穆小庭，一個人也無，環顧四周，只見一扇扇緊閉小門，太教人迷戀了，卻又很迷惘，尤其在此向晚辰光。突然，有一兩扇門開了，走出幾個著和服的西洋人，狀至虔敬，跟著，也有一個日本茶道師傅模樣的人走出，一分鐘後，人又完全消失，又靜穆了。好奇妙的感覺！此處似不對外公開，我們是不小心闖進入的。

出庵，時近黃昏，見對過有一寺，在昏暗中，此寺微顯荒意，頗有氣氛，便跨過馬路，走進去看。寺稱「本法寺」，竟很古樸無人，如同荒廢，向晚時分，這一處地方頗有老日本電影（如溝口健二）場景之幽魅情境。

在堀川通上的「天神公園前」站乘車南向至四条河原町，在祇園附近的鍵善良房吃葛切，味甚美。有黑蜜、白蜜二種糖漿，近年流行養生，自然選黑蜜。以漆器盛來，綠面黑底，已不同於數年前之紅色，卻一樣製作精良。

＊＊＊

十月三日。

大原。先向東，往三千院方面，沿呂川，在志ば久買醬菜，甚好。店後的廠，其前有泉水，甚甘美。沿菜田再北，可抵「柏木」民宿，此處景開闊，稻田寬平。

三千院前滿是觀光團，不忙進。後鳥羽、順德天皇大原陵，稍佇足，景佳。門房之建築不錯。勝林院，由外觀看，已甚好。進實光院，庭不錯，茶室（理覺院）最有可看，而候茶的小木庭亦不錯。九年前尚沒有一塊大石碑，如今立在那兒眞殺風景。「不斷櫻」亦特別。

中午在「呂律茶屋」吃冷的手打蕎麥麵，味甚香美。

向西，沿草生川行，村家屋舍頗佳，田疇及埂上紅花亦澄人心懷。「草庵」，是草木染的絲、麻織品店，房子有百年老，農家風格，織品亦極好。「雲井茶屋」，味噌鍋，味平平。

＊＊＊

十月五日。

早上乘二〇六至百萬遍（今出川通＆東大路通），在進進堂（Shinshindo，京都大學北門前，一九三〇年創業）喝咖啡並吃早餐。它的桌子全是厚木長方大桌，每桌可容七、八人，如同食堂式，但整潔有古舊氣派。

向南走吉田本町通，看吉田神社，向東穿過吉田山公園，南向，在「吉田山莊」門口觀看，甚雅緻，宿泊要三萬五至五萬日幣，只是中午吃「華開席」則要三千五百圓。

東南行，至眞如堂，不少建物亦頗古。

南向往金戒光明寺，御影堂頗宏壯，山門亦雄偉，山門前階梯，景深通遠，很可徜徉。

周邊有好些院，永運院今日有音樂派對，難怪一路上許多老外，騎自行車的、步行的，皆往此處行來，院牆深長，高低起伏，如同西洋人往佛國朝聖之旅。然他們輕裝簡扮，T恤、夾腳拖鞋，還不少操著流利之極的日語，看來早在京都住下頗長年月，甚得東方古都過日子三昧。今天之派對，還請了日本吃店（頭上紮著巾布）做catering，木製食盒一屜屜地往內搬送，爲的是Café Carinho三周年紀念之聚會。

南走岡崎通，進平安神宮。

往南，取神宮通，周日安靜，益顯此街道冷清，越三条通，取一小路向東，見「粟田山莊」，高級料理旅館也。

抵Miyako Hotel，登樓，至後山的庭園，有瀑布，是小川植治的作品。再至「佳水園」，水中有山，假山也；山有松，袖珍小松也；有流泉，細涓也，亦是庭園造景之佳作。大廳甚樸素，又極高雅，難能可貴的大飯店。

在蹴上將乘地鐵東西線，眼前是琵琶湖疏水道的進門處，我多年前去

琵琶湖水路閣的門道。在蹴上站旁。額題「雄觀奇想」。

過。地鐵東西線接烏丸線，返回京都驛。十來年前，記得三条通路面上，有空東空東的電車經過，似是「京阪電車」；一個沒留神，怎麼不見了。如今自地鐵東西線的蹴上站出來，只見地面上平平的，像是從來上面沒滑行過火車似的。嗟乎，連京都古城變化亦恁大也。

＊＊＊

十月七日。

車站周邊。旅館林立，當是頗多選擇，人應像寅次郎般隨時走進一家小旅店便住下。相信只要不是旺季，此地住店當極方便並可體會日本小民在行旅中下榻之趣也。

涉成園，火車站邊一驚喜也。遊人不多，且園池淸曠，亦日式逸士之園林也。「漱枕居」儼然我心中草堂也。園子進口處的廁所設計亦甚樸好。

印月池的石塔上不知何時停了一仙鶴。

面對園的大廳屋，有人宴飲剛畢，catering的人在收拾。匾額稱「閬風亭」。

另有一小池，更佳，有小瀑布，亭稱臨池亭（Rinchitei），軒稱滴翠軒。過池上橋（侵雪橋），抵一山，山上亭「縮遠亭」（Syukuentei）。

＊　＊　＊

十二月十六日。

東福寺周圍院庵所夾小道甚有可看。尤其門牆外的臥雲橋及門牆內的偃月橋，橋下小溪，溪兩旁的紅葉掩映，眞好景也。

此爲洛南，再往洛北。詩仙堂已去多次，今日便略過。

金福寺有芭蕉庵、有越國文學播磨清絢撰的碑文，可一看。

才腴貌癯　錦心繡腸　行雲流水　十暑三霜
野老爭席　桃李門牆　人與骨朽　言與譽長
勒珉此處　建家多方　維斯名寺　風水允揚
卜鄰高士　魂其歸藏　雖非桑梓　維翁之鄉

越國文學播磨清　絢撰　安永丁酉夏五月
平安處士永忠原書

圓光寺的十牛の庭，在紅葉滿罩下或成一景，然實全寺不值一哂也。曼殊院，只能待在屋裡，不准進院。這一來，變得極無意思。虎の間（大玄關，Great Vestibule）、竹の間、孔雀の間、大書院、潼の間等固有稍看，卻不令人驚豔。

良尚親王的隸書聯句，倒頗有趣，也抄了一些。

情多最恨花無語
愁破方知酒有權

人生幾回傷往事
山形依舊枕寒流

古琴帶月音聲正

山果經霜氣味全
新句有時愁裡得
古方無效病來抛

曼殊院稍北不遠的清心庵，進門處頗可一看。又近處遠眺東面山，紅葉秋山，亦得澄懷。空曠高處向西眺，城市屋頂收於眼底。鷺森神社左近的林子，很富幽情，可稍佇足。在弁天茶屋吃了午飯。果然，除詩仙堂外，這三寺皆不值也。

＊＊＊

十二月十七日。

宇治是理想的逛街郊外小鎮，宇治橋通像一條老街，與鐵路平行，老店頗多，又具鄉趣，「中村藤吉本店茶問屋」院中有「舟松」，老樹也。街的盡頭北面是河，卽宇治川，川上有島，甚是經典之地勢。

人在京都久了，往郊外去，這是一處好所在。朝日燒窯藝資料館的老木屋進門對聯是刻在朽木上：

河濱清器

朝日窯元

旁有「山田綠地」小碑標，上有一木亭，休憩處也，卻精製，形簡樸，面對河景，佳所也。北面「百盛咖啡館」，位二樓，窗寬大，可望景。此爲宇治川東岸之路，古木成蔭，色彩豐富。至若川東公園那面的東海自然步道（卽源氏物語Museum東緣）亦甚好。「山莊中西」賣紀念品小物及衣衫，很像獨自一家的林中flea market。

橋，是宇治的重點，佳美之橋甚多。川西岸的路亦佳，「對鳳庵」是市營茶室，卻極古雅，茶資亦廉，但供應的是抹茶，太正式了。隔鄰的「宇治市觀光中心」，供應免費的煎茶，可以連喝兩三杯，更輕鬆。

由此向北至「源賴政自刃の地」，中有一小段，可自高坡處透過樹縫眺到平等院牆內的「鳳凰堂」，不花錢卻又隱約得之的佳景也。更北，有旅館「萬碧樓」（老店也，似又很便宜，一宿帶二食，才六千五。倘只住，四千（二〇〇四年秋已改爲餐館）。

門前兩柱，朽木上刻有對聯：河濱淸器，朝日窯元。

＊＊＊

二〇〇四年

十月十九日。

因爲颱風，早上雨不停，幾乎不想出門了，但一想不可以。跳上七十一路公車，直奔底站「大覺寺」，費二五〇圓，乃跨區也。

所謂「最美好的地方」，必定是那種你想說「到了這裡，我不想離開了」之處。雨天早上只有我一人時的「大澤池」稱得上是。「名古曾瀧跡」近處的木亭子下，我坐在中央那塊正方形榻式的木凳上寫下這些。

聽著雨聲，聽著鳥叫，看著鴨或雁在池畔整飾它們的翅膀（因雨大，便不在池中游了），時而我站起來伸伸腿筋、大口呼吸新鮮空氣，這一刻，我說什麼也不想離開。

隔著樹影看向平等院的鳳凰堂，門外漢之趣也。

大澤池的大小恰好，四周是高樹，將之圍起。樹外頭是農家與田疇。池的進口，有茶室「望雲亭」，隔籬張望，便已極好。門外或籬外張望，是遊賞京都之大訣竅。並非各處皆必進入也。

中夜無事，在房間扭開電視，BS2臺午夜十二時播的片子是一九六二年的黑白片《星期天與西貝兒》（*Sundays and Cybele*），六十年代的臺北也放映過（譯名是《花落鶯啼春》），試想臺灣那時看到的法國城鎮冷峻卻清美的風情，心中會是多溫暖又想像無限奔飛啊！而今夜，窗外或還下著雨，事隔四十年在京都這樣一處也可能甚淒清甚淡遠甚或還頗黑白片式的他鄉城市看一部似曾相識的藝術老片，那種感覺，噫，幾要教客中之人心碎也。

倘若老來，在京都

當我老了——人總要老的，不是嗎？——倘若能住在一個地方，像京都，或許原欲效法古人生活之夢，莫不便能實現？

每日在房中兀坐的辰光必定增多，老人嘛，而日本屋室最宜兀坐，矮矮的，天地不至空冷，人處其中，很感嵌合。又暗暗的，教人目光只如垂簾，似看又似不看，實則亦無啥必須注目之物，便這麼輕輕待送光景。坐歪了，便往牆邊倚一下，牆面泥粉老舊光潤，靠著竟很貼適。若臨窗，亦得眺眺窗外。又有時坐歪了，想找一物來支一支肘臂，日本古人原本有此一設計，稱「憑軾」，這時最好便在身邊，說靠就靠。肘有所支，上身便因借力而順勢自然欲往上提，這裡撐提一下，那裡撐提一下，時而支著左肘，又時而換到右肘來支，便因這件小家具，榻榻米上的清坐可不枯悶矣。

其實目力有餘，又怎會清坐？自會尋書尋畫來覽。榻榻米上恰恰最宜攤看冊頁、卷軸，平鋪而觀，若要全景則站遠，若要細節則湊近，慢瞧細審，好不過癮！然多半覽看不了多久，年邁易倦也，至此要歇一歇了。便將紙冊收拾，治水燒茶。

茶，自不能杯杯做抹茶，濃煞人也。不妨玻璃杯泡龍井等江南嫩葉綠茶，淡淡而啜，已解渴乾，也清喉齦。若欲稍濃，臺灣的高山茶以蓋杯來泡，亦已美足。癮頭要再不足，紫砂小壺泡武夷佛手，最振人精神也。

泡茶用何水？去伏見取地泉湧出水也。誰取？問得好。既然老來能在京都住上些許歲月，如一年中有幾個月，則當能入鄉問俗、早結識土著不少，甚至頗受重於某些圈子，而有事弟子服其勞，這打水一事，大約每十天半月或有後生駕車辦來。

京都最適品茶。臺灣與中國大陸可以選取的茶葉頗多，尤以近二十年大夥已努力收集囤積老茶，正應好好備一些在京都慢慢享受。亦無需杯杯獨酌，可以邀人同飲，更不妨出外找三五同伴，不時更換良所幽亭相聚共酌。茶道具一節，當設計簡易杯盞、小瓦斯爐、水壺，以有活動的帆布袋裝放，一拎便走。這就像食盒一樣，在京都絕不可嫌其麻煩。拎它赴外，太多太多樂趣也。言及喝茶地點，這是京都最能傲世之絕等優勢。而老境既至，更該好好去抵那些美好所在，以喝茶爲名，在那兒清坐休憩一會兒也。

日本吃飯，原本不易；中國老人遷來住下，更須在吃飯一事作些設想。且看日本米飯，質地恁美，粒粒清亮，又蒸煮得宜，總是鬆軟適度，任何時候端來面前，一筷子舀起，便已知是大地恩賜，心中雀躍。然如此白飯，該與何式菜餚相就呢？不可餐餐與鹹魚、漬物、佃煮芋艿馬鈴薯配食。倘有三、兩塊紅燒肉，皮韌肉肥，與飯同嚼，再加一個土雞蛋煎來的荷包蛋，再有幾莖熇至極爛的芥菜粗梗，如此爛糊糊、軟兮兮地吃飯，最是老人的無上慰藉。

日本之炸物，技藝極高，天婦羅總能炸成不油，神乎其技也，油之調配與管理的一絲不苟也。小酒館的炸雞，沒一家不好吃。炸豬排亦是日本多店之擅長。

但說到紅燒肉、東坡肉、罎子肉、梅乾菜扣肉，則非得吃中國式的。

滷的豬頭肉，亦須中國吃法。粉蒸排骨，排骨湯（蘿蔔排骨湯、海帶排骨湯、玉米排骨湯……）等，亦須中吃。

另就是包子、餃子、蔥油餅等，亦須自己張羅來吃，日本不易吃得也。

京都吃青菜，亦須動點腦筋。市場買菜，價格不低，亦太多蔬菜未必時時見於菜場。倘自己有小小一塊菜圃，栽些蔥蒜，種些豆子、綠瓜，並一些番茄、辣椒等，則吃飯問題便不那麼拘泥也。又老年生活，平日最高的過日子境界，種菜便是一項。且看京都近郊小山，偶於散步之餘，掘些山土，一小袋一小袋，傾倒在家後院，與京都氣候之溫潤相合，最能長出好菜。若自家院子不足，亦不妨到鄉下農家租小片地，央契約農照料收採，亦是一途。

人謂日本吃麵講究；蕎麥麵當日手打，固然好極，其餘麵食，日本不甚出色。吾人平素隨吃的麻醬麵、炸醬麵、紅油拌麵、福州乾麵、雪菜肉絲麵、打滷麵等，日本不來這一套也。更別提牛肉麵了。

京都冬季亦冷，火鍋實是禦冬良物。尤其是酸菜鍋底，不論是燙些羊肉、豬肉，或是雞肉；不論是丟些蛋餃、肉丸、豆腐或是魚塊，皆宜。

野餐在京都最稱絕配。須備一食盒，藤籃竹簍皆可，有時幾個花卷、一塊火腿、一塊牛油、馬鈴薯與蛋沙拉，再些許蘋果、梨子、乾凝柿子，置放其中，便能出遊。

雖說老來惟好靜萬事不關心，但住京都爲的是留在城市，免得鄉居寂苦也。而老人居京都，其實心中仍多鄉田，乃體力不消使於喧囂街衢故。

又京都花樹扶疏，原是城市山林，每日剪下牆花一株，插竹器中，室內室外，俱是田園，教人心遠地偏，其非休息養老的美鎮。

移居來此，倒是選何地好呢？城裡是最好，像御池町通（北）、四条通（南）、河原町通（東）、烏丸通（西）所夾的眞正市中心，固然雅馴極矣，方便極矣，亦受市井照拂溫厚極矣，然未必說住便住得進去。

若住郊鄉，或也不錯。甚至能夠自相山地、自建小屋，打理成宋朝明朝山水畫中草堂形式，木門竹窗，茅簷繩床，不知可有多好！甚至一砂一土自疊牆石，自編籬笆，一如自種豆自種菜，皆是在京都最佳享受。

桌凳之設計，亦可全製成最低簡空無的情態；即：若無用，絕不多添。我談論多年的「家徒四壁」觀念，何妨在京都踐履出來！碗碟之選用，亦趁此良機用上平日早留心久矣的最樸素庶民的各地陶瓷實品，河北邯鄲的黑釉小碟，廣東福建三十年前出口至香港與三藩市唐人街的白碗皆是如今之好器，兼是廉品，最可派上用場，斷無需煩勞無印良品等舖號供應也。

京都最適養生。人老了，珍惜晚年不多日子，養生原是課題。養生，便應好生。所謂好生，即好好活。京都便因地方好，令人跟著它想好。想好，是養生第一要務。

餘如它的空氣好、教人隨時想大口吸氣；它的水域好、教人時時想親近它；它的公共空間極多極好又早上極沒人在左近打拳鍛鍊、教人不時想伸展腰腿舞舞拳腳；它的亭子、樹下又多又好，教人時而忍不住在其下彈彈古琴吹吹簫笛；凡此等等，也只不過是小節了。

京都最適待客。世界各地的諸多好友，有多少迷死了京都！然究竟何人駐守京都來款待他們？噫，何妨我來擔任。一年中偶有幾波來訪，此是人生何等福緣，帶他們四處走走，賞花看水，凡坐下歇腳，皆可有說不完的話，聊不完外間之新鮮見聞，多麼教人欣喜。而三、五天過後，朋友離去，又留下你原本清寂卻未必枯冷的京都本色歲月。

然三日五日度過，又思人煙。主要爲了說話。否則胸悶。故必於京都早卽覓好朋友，方能成行。若日語自己僅粗通，欲與人深談卻不能盡言，取紙筆手談，亦得良趣，兼是雅事，甚而此等情趣舉世惟我華人方得享擁，噫，思之更增一樂也。

所聊之事，當非時政世道，而多半是吃飯睡覺、雞犬桑麻，身邊事也，亦是要緊事。話至投機，以之下酒；酒過三巡，興致益高，嗓音益大，取摺扇，以之作道具，借那幾分酒意學日本古人屈膝躬背如俑偶，慢移臺步，唱演劇曲；只求吟哦似之，遣懷增興，暢紓胸次，好不樂乎。深夜踏著醉步，摸著長牆，緩緩找回家門。

倘值雪夜，訪友最美。尤以京都不是越後（今日新潟），下雪不易，彌珍也。沿著白川這等小溪行來，處處小橋，處處人家；小橋無人，人家有光；雪夜裡一一經過，似清冷卻又透露溫暖也。此番情景，宋明以後，便又何處猶能見得？惟京都耳。

京都冬天極少雪，又極寒，谷崎潤一郎謂太冷不適老人居。故若我冬天在京都，看來只有終日抱膝縮頸窩家中。然即此亦好，乃雪夜過訪景象時縈心中，早造就丹田一團暖火矣。

入夏好風南來，紙扇輕搖，擇一無人山門，避炎陽於簷下，忽地睡去，如在自家，日薄崦嵫，猶忘了醒來，直是羲皇上人。

老人體衰，凡事不可做得太滿。吃飯不可過飽，喝酒亦喝個幾分便好。恰好言於日本生活；如喝酒不需喝醉，最好只喝兩杯，即有醉樣；便是要此醉樣。而不是要醉。

這便是居日本之方。演得像也。

春天有櫻，秋天紅葉，嘆不勝嘆；你也對花讚嘆，便是矣。即使今春今秋不甚有感受，亦不妨表露得深著胸懷。四時存焉，天地不言。故你更要演得像，怎忍心辜負了四時。

這也是爲什麼老來要住京都，太多的風流蘊藉之事，燈宵月夕，雪際花時，你皆可扮上一個動作，披上一片布幔，揮動一件道具，而數百年來中國早已失落的雅觀風致，或在你的履踐中，不自禁地消受了。

跋

何以寫此書

每次得知有朋友要出遠門，將去的城鎮倘我曾經玩過，我總是很多事地想寫下兩、三頁紙，上面記著我覺得他應該去玩去看去吃的地點，讓他帶著上路。比方說上次有朋友要去加州的柏克萊（Berkeley），我便在紙上寫下如：

一、Indian Rock（印第安巨岩）必須去。極目四眺。在Shattuck Ave.向北。天氣好時，可清楚看到海灣上三座大橋。

二、Top Dog（頂級熱狗）的熱狗必須一嘗，尤其應點bockwurst那種。可能是你平生所吃最好的熱狗。在Durant Ave.（Pacific Film Archives對面）。

三、加大Morrison Library的閱報室。可去那兒的沙發上稍坐，看看報，看看雜誌，感受美國老派那種寬大溫暖的閑讀空間之優處。

四、Moe's舊書店不妨逛逛。在Telegraph。無數的好書被賣到這裡，並且很快地又被買走。它始創於嬉皮的六十年代，幾十年來，每年提出利潤的某個百分比捐給柏克萊市，算是實踐了「取諸人民，用諸人民」理念。

五、Mediterraneum咖啡館可坐坐。在Moe's正對面，是柏克萊眾多咖啡屋中的祖師爺，雖然只始於一九五七年。一九六七年電影《畢業生》中達斯汀．霍夫曼坐店裡透過窗子看女友從Moe's出來。此店即使今日仍能見到一些花白鬍子的嬉皮背著行囊來此坐下，像是今天下午才剛自遠地浪跡而至。

六、Monterey Market（在Hopkins）與Berkeley Bowl Marketplace（在Shattuck稍南）兩個菜場可逛。蔬果種類之豐麗，令你對「美國市場」之印象改觀。它們賣的冰豆漿，臺灣早已吃不到矣。

七、Ashby捷運站（BART）的跳蚤市場可逛。周六、周日兩天，充滿舊時物，頗稱得上露天的美國民間博物館。

八、看建築。在Thousand Oaks區及Panoramic Way區。不少二十世紀初的佳麗家園依然矗立，極多出自名建築家之手，如Julia Morgan（南加州的「赫氏古堡」即她之作），John Hudson Thomas，Bernard Maybeck等。

九、看電影。加大美術館內的PFA（Pacific Film Archives，太平洋電影檔案館）是全美最好的兩個藝術電影放映館之一（另一是紐約MOMA），常有出人意料的珍貴影片在此偶作放映。另外一家「古蹟影院」，叫UC Theatre，是古董大型老電影院，放藝術片，可容千人。

我當然也一直想把京都的好玩地點寫在紙上給朋友。這個念頭已有很多年了。一開始我大約會寫下：一、石塀小路。二、宇治川兩岸。沿著川散步，最富閒情。川北岸的宇治上神社與南岸的平等院不妨只用來當作散步中某一轉折時的點景可也。三、綿熊蒲鉾店（作者新案，已歇業）的甜不辣，如同在臺灣所吃之口味，而更勝。四、茂庵。開在吉田山頂的木屋式咖啡館。五、一保堂附近的寺町與夷川通。老店與町家氛圍甚佳。六、奈良公園之林中散步。七、奈良的斑鳩與法隆寺……

幾次之後，愈寫愈多，如此愈發不易只是兩、三張紙了。最後，索性寫成一本小書算了。

但我仍然希望它像兩、三頁紙那樣的隨便、那樣的輕巧、那樣的簡略，以及，那樣的像寫給熟朋友的、我想怎麼說就怎麼說的自在。不知道容不容易做到。

附錄

京都為什麼好玩

京都爲什麼那麼好玩？

我常想這個問題，也一直試著把它回答出來。

其實我已經知道怎麼回答了。就是：京都是看的天堂，京都每走幾步便是教你盯看的風景。

我去京都，單單看風景就忙不過來了。

本文想就我在京都曾經盯著細看的諸多風景，也及小景，也及彎曲的線條，等等，把它敍說出來，同時藉由我當年拍下的照片，請大家一起遊逛！

一、先說路上景致。

水面上人家牆邊的柿子樹，令我停著頗玩賞了一下。橋也倚了，橋下流水也看了，這是三條通的白川橋。走不遠，是這樣的景象。

白川流經很多的安靜住宅區，每不遠，都有橋，而居民騎車經過，也是我停目的風景。

7—21

右頁兩幀：瓢亭。很高級的料理店，雖不進去，但門外的張望，就獲得了相當好的遊賞。

本頁上圖：瓢亭附近的人家門牆。在京都，便是太多教你看不厭的人家門牆。

這兩幀也是被人打理得很好的門窗，往往門內也進不去，但又何需真進去？在外面觀看就高興極了，這也逐漸成了我的「門外漢」的哲學。

二、是京都的「山門」景。乃你這走走，那走走，一下子這個山門出現在你面前了，哇，何等雄壯！再一下子，另個山門又出現了，簡直太絕了！

全世界哪有城市能夠如此？

本頁：這山門，是金戒光明寺。

左頁
上圖：法然院。
下圖：青蓮院。

不許葷辛酒肉入山門

本頁：竹籬茅舍式的山門，是西行庵。
左頁
右上：清涼寺的山門。
左上：登往高台寺的階道。
下圖：某個小寺，但山門照樣莊嚴。

上圖：法隆寺某個側邊門，簡樸好看。

三、京都最了不起的，是「佇足處」，或說歇腳亭，或是「等候座」。圖爲龍安寺的廁所外也有等候椅。

参拜者御休

右頁
上圖：鞍馬的休憩所，冬天下雪，入
　內，門窗還可關上。
下圖：宇治路邊的亭子。
本頁：奈良公園的亭子。

本頁
上中下：「浮見堂」這個亭子，建在池上。也在奈良公園。
左頁
上圖：法隆寺裡的「無料休憩所」，我每去，必去一坐。
下圖：也是一個休歇處。

再就是，四、長牆景。

你不見得在某些城市特別去注意「牆」，但在京都、奈良，牆是極佳的景觀，也是你身旁最好的「造境」。你在它旁邊走一走就愉悅極了。

本頁：只是人家的牆，但已有古風。

左頁：法隆寺很珍貴的牆。

啊，京都的景緻眞是看不盡。

本頁：牆之舊、之重砌土，最後成為渾然的圖案。

左頁

上圖：兩面的牆皆經典。

中圖：天色昏暗中，但牆仍是觀賞的亮點。

下圖：這種牆，京都極多，但舉世各地，真不多也。

文學森林 LF0156

門外漢的京都（十六周年紀念新版）

作者
舒國治

散文家。一九五二年生於臺北。先習電影，後注心思於文學。六十年代薰陶於西洋與日本電影並同搖滾樂而成長的半城半鄉少年。與文學相較，影像與真實生活影響他更多。七十年代原有意創作電影，但終只能步入寫作，卻成稿不多。

一九七九年以短篇小說〈村人遇難記〉獲第二屆「時報文學獎」，備受文壇矚目。一九八三至一九九〇，七年浪跡美國，遊經之州，凡四十四。自此之後，旅行或說飄泊，開始如影隨形，一九九七以〈香港獨遊〉獲第一屆華航旅行文學獎首獎，一九九八又以〈遙遠的公路〉獲長榮旅行文學獎首獎。擅寫庶民風土、讀書遊藝、吃飯睡覺、道途覽勝，有時更及電影與武俠。文體自成一格，文白相間，人稱「舒式風格」。一九九〇年返臺後，被「臺灣新電影」導演順手抓去安插於無關宏旨角色，遂出現在楊德昌《牯嶺街少年殺人事件》、《一一》，余為彥《月光少年》，侯孝賢《最好的時光》、《刺客聶隱娘》片中。二〇〇〇年以《理想的下午》一書，另闢旅行書寫文人風格，一時蔚為風潮。

出版有《理想的下午》、《讀金庸偶得》、《臺灣重遊》、《門外漢的京都》、《流浪集》、《臺北小吃札記》、《窮中談吃》、《水城臺北》、《臺灣小吃行腳》、《宜蘭一瞥》、《臺北游藝》、《雜寫》及《遙遠的公路》等。

封面設計　洪愛珠
內頁排版　立全排版
責任編輯　陳柏昌
行銷企劃　羅士庭
版權負責　陳柏昌
副總編輯　梁心愉

初版一刷　二〇二二年三月十四日
定價　新臺幣三六〇元

ThinKingDom 新經典文化
發行人　葉美瑤
出版　新經典圖文傳播有限公司
地址　10045臺北市中正區重慶南路一段五七號十一樓之四
電話　886-2-2331-1830　傳真　886-2-2331-1831
讀者服務信箱　thinkingdomtw@gmail.com
臉書專頁　http://www.facebook.com/thinkingdom/

總經銷　高寶書版集團
地址　11493臺北市內湖區洲子街八八號三樓
電話　886-2-2799-2788　傳真　886-2-2799-0909
海外總經銷　時報文化出版企業股份有限公司
地址　桃園市龜山區萬壽路二段三五一號
電話　886-2-2306-6842　傳真　886-2-2304-9301

門外漢的京都/舒國治著. -- 初版. -- 臺北市：新經典圖文傳播有限公司, 2022.03
256面；14×20公分. -- (文學森林；156)
ISBN 978-626-7061-14-5(平裝)

863.55　　111002188